채문희

곽말약 지음 | 강영매(외) 옮김

범우사

Cai Wen ji (蔡文姬)
by Guo Mo ruo (郭沫若)

국립중앙도서관 출판시도서목록(CIP)

채문희 / 곽말약 지음 ; 강영매...[등]옮김. -- 파주 : 범
우사, 2005
  p. ;   cm. -- (범우희곡선 ; 22)

권말부록으로 '작품 《채문희》에 대하여' 수록
ISBN 89-08-08072-4 04820 : ₩6000
ISBN 89-08-08050-3(세트)

822.7-KDC4
895.1252-DDC21   CIP2005000275

차 례

❧

| 이 책을 읽는 분에게

　곽말약은 걸출한 극작가이자 동시에 걸출한 사학가이며, 시인, 그리고 혁명가였다. 이리하여 그의 해박한 역사인식과 낭만적인 시인 기질, 그리고 호방한 혁명기백은 그의 역사극에 일종의 웅대하고 분방한 풍격을 주었다. 이러한 백과사전식의 인물이라고 할 정도로 해박한 지식은 그의 희극창작품에 독특성을 부여하고 있다. 곽말약의 극작은 거의가 역사극인데 세　가지 이유를 들 수 있다.

　하나는 그 스스로도 말한 것처럼 자신이 '역사광' 이고 '고증광' 이라고 할 수 있고, 둘은 그의 생리적 요소로 17세에 감기에 걸렸다가 두 귀가 멀었기 때문에 의학공부는 힘들었고 현대문학도 사회를 이해하는 데는 불편하다고 여겨 내면과 역사 속에서 그 문학의 제재를 찾았다. 또 하나는 검열과정 중에서 역사극이 비교적 쉽게 통과할 수 있기 때문이었다.

　곽말약의 역사극 발전은 신문화 운동시기와 맞물려 있다. 그의 창작이 가장 탁월한 성취를 이룬 시절은 1941년

에서 1943년간이다. 이 기간에 그는 유명한 6대 역사극인
《당체지화棠棣之花》(1941), 《굴원》(1942), 《호부(虎符)》(1942),
《고점리高漸離》(1942), 《공작담孔雀膽》(1942), 《남관초南冠草》
(1943) 등을 창작하였다. 이 여섯 작품은 문단에서 커다란
반향을 불러일으켰으며 중국 현대역사극이 나아가야 할 지
표가 되었다. 만년에는 또 《채문희》(1959),《무측천武則天》
(1960)과 영화극본인 《정성공鄭成功》(1962) 등을 창작하였다.

채문희蔡文姬는 동한말의 재녀로 그녀의 일생은 중국희곡
계에서 끊임없이 재창작되어 왔다. 원대元代의 김지남金志南
의 잡극 《채염환한蔡琰還漢》, 명대 진여교陳與郊의 잡극 《문
희입새文姬入塞》, 청대 우동尤同의 잡극 《조비파吊琵琶》, 청말
정연추程硯秋의 경극 《문희귀한文姬歸漢》 등의 작품이 그 형
태를 달리하면서 모두 채문희의 일생을 다루고 있다.

곽말약의 《채문희》는 작가가 전적으로 북경인민예술원
을 위하여 창작한 4막 역사극이다. 1959년 북경인민예술원
의 연출가 초국은焦菊隱은 이 작품을 무대에 올렸으며 연극
계에서 가장 인기있는 작품이 되었다. '문화혁명'이 끝난
후에는 북경인민예술원에서 다시 공연하였고, 관중이 인산
인해를 이루었다고 한다. 그후에도 《채문희》는 북경인민예
술원의 경전經典 작품으로 칭해질 만큼 공연이 자주 이루어
지고 있으며 관중들의 애호를 받고 있다.

《채문희》에서 곽말약은 웅장한 기세와 낭만적인 필치로 일대 재녀인 채문희의 형상을 성공적으로 표현하였다. 또한 동시에 그동안 간웅으로 묘사되었던 조조曹操를 풍모가 있고 운치가 있으며 시비를 분명하게 밝히는 정치가로 전면적으로 새롭게 해석하였다. 이는 작가가 《채문희》를 쓴 까닭이기도 한데, 조조의 '바이리엔(白臉 : 경극에서 간신의 역의 얼굴 분장은 흰색을 칠하는데 이의 대표가 조조였다)'의 억울함을 벗겨주기 위함이었다고 말한 바 있는 것과 맥락을 같이한다.

역사극 창작에서 역사와 극의 관계는 기본적인 문제인데 곽말약은 "역사연구는 실사구시實事求是여야 하며, 역사극 창작은 실사구시失事求是이어야만 하고… 사학가는 역사적 정신을 발굴해야 하지만, 역사극 작가는 역사의 정신을 발전시켜야 한다"고 하였다. 그의 이러한 관점은 즉 역사적 내재정신은 역사적 외부형태보다 더욱 중요하다는 것을 말해주고 있다. 그러나 이러한 역사적 내재정신 역시 단지 현대인의 관점에서 발현된 것이며, 현재의 관념을 구비하고 있을 뿐이다. 즉 역사는 현실의 복사일 뿐이다. 그러나 다른 점이 있다면 현실은 직접 현재 작가의 눈앞에 펼쳐지는 것인 반면, 역사적 사실은 도리어 인공처리를 거친 간접 사실이며 역사의 그림자일 뿐이다.

감수인 **강영매**

| 서문

번역가들은 흔히 혼자서 하는 일에 이력이 나 있는 사람으로 인식되는 경향이 있는 듯하다. 실상 번역은 타자와의 교감에서 시작된다. 번역하고자 하는 작품의 배경과 작품의 내용들을 중심으로 원작자를 이해하는 작가와의 교감에서부터 번역문을 읽게 될 독자를 생각하며 지난한 사투를 벌인 끝에 마침내 독자와 대면하는 순간까지 철저한 타자와의 교감이라고 할 수 있다. 그런 의미에서 번역은 커뮤니케이션 행위이다.

이제 이화여대 통역번역대학원 한 · 중 번역학과 3기 일동의 첫 번역 작품이 진정한 의미의 타자와의 교섭을 위해 출판을 기다리고 있다. 문학번역 수업의 일환으로 강영매 선생님의 지도를 받으며 곽말약의 《굴원》과 《채문희》를 번역한 지 꼭 1년 만의 성과다. 이 책의 출간은 이화여대 통역번역대학원 한 · 중 통역 번역 전공자들과 희로애락을 함께하는 본인의 개인적으로나 전체 학교 차원에서나 정말 기쁜 일이 아닐 수 없다.

97년도 개교한 이화여대 통역번역대학원에 한중 번역전공이 개설된 것은 2001년의 일이다. 처음부터 통역과 번역 전공을 나누어 신입생을 모집하고 전공별 전문교육을 실시하고 있기 때문에 국내외 여타 통역번역대학원과는 달리 본교에서만 유일하게 문학번역 수업이 실시되고 있다. 번역의 다양한 장르 중에서도 문학번역은 그간 작가로서의 자질을 타고난 번역가만이 감당할 수 있다는 인식에 가려 교육 자체가 불가능하다고 평가되어 왔던 것이 사실이다.

하지만 애시 당초 번역가가 되기 위해 통역번역대학원에 진학한 예비번역사들은 너나 할 것 없이 자신의 번역 작품이 출판될 수 있기를 꿈꾼다. 게다가 출판번역의 반 이상이 문학번역으로 채워지고 있는 현실 속에서 어쩌면 우리 모두는 번역이란 문학번역을 지칭한다는 막연한 공통인식을 바탕에 깔고 번역을 대하고 있는 것이 아닌가 생각한다. 그렇다면 문학번역이야말로 번역물의 질적 향상을 도모하기 위한 교육이 필요하고 문학번역이 이루어지기까지의 전체 출판과정을 체험해 볼 수 있는 훈련이 필요한 분야라는 점을 간과해서는 안 될 것이다.

이와 같은 절박한 현실 속에서 일찍이 중국 희곡을 전공

하시고 중국 관련 번역계의 독보적인 존재로서 이 분야의 선구자적 역할을 담당하고 계시는 강영매 선생님의 지도 아래 이화여대 통역번역대학원 한·중 번역학과 3기생들은 문학번역을 위한 훈련에서부터 번역서가 출판되기까지의 제반 과정을 직접 체험할 수 있는 소중한 기회를 얻었다. 이는 당사자들에게 크나큰 행운이 아닐 수 없다. 모름지기 전문 번역가 양성을 위한 번역교육은 금번 출간을 계기로 번역 교육과 출판시장이 연결될 수 있도록 지속적인 노력이 있어야 할 것이다.

　최근 들어 많은 이들이 중국어를 배우고 중국을 알기 위해 온갖 열성을 다하고 있다. 그러나 생각만큼 구미에 딱 들어맞는 좋은 책을 구하기란 쉬운 일이 아니다. 게다가 중국인의 정서와 그들의 생각을 읽어 낼 수 있는 책을 구하기란 더욱 어렵다.

　지금까지 소개된 중국 관련 번역물이 대부분 역사와 문화를 둘러싼 인문학 위주였다는 사실을 놓고 볼 때, 중국의 근대 희곡 작품이 그대로 번역되어 나왔다는 것 자체가 소중한 의미를 갖는다. 여기에 곽말약이 당대 중국인에 의해 최고로 숭상받는 지식인이라는 점, 지금도 그의 희곡 작품이 지속적으로 무대에 올려지고 있다는 점 등을 감안할 때, 작금의 중국인들이 왜 그토록 곽말약을 숭상하는지에 대한

궁금증을 갖고 이 책을 대한다면 중국인의 인식과 사고체계, 그들의 정서를 이해하는 데도 귀중한 자료가 될 수 있을 것이다.

곽말약 희곡은 일반 독자가 쉽게 접할 수 있는 장르로서 대중적인 연극의 형식을 빌어 역사적 인물에 대한 재평가를 내리고 있다. 13억 중국인에 의해 전폭적인 지지와 사랑을 받는 작가에 의해 고전이 재해석되었다는 점에서 우리는 중국인의 정서를 꿰뚫는 하나의 단초를 얻을 수 있을 것이다.

세계는 시시각각 빠르게 변화하고 있다. 그 변화의 소용돌이 속에서 어느새 지리적 가까움보다도 더 긴밀한 관계를 맺고 있는 중국이라는 나라를 발견하게 된다. 불과 12년 전에는 수교조차 상상할 수 없었던 국가였는데 말이다. 경제와 정치 논리는 사회와 문화적 교류를 앞서기 마련이다. 이제는 서로를 보다 정확하게 이해하고 제대로 판단할 수 있는 토대가 마련되어야 한다. 그러기 위해서는 불가불 번역이 큰 역할을 담당해야 할 것이다.

서로의 이해를 돕기 위한 정확하고 올바른 커뮤니케이션을 위해서 번역가의 역할이 절대적으로 필요하다. 한 권의 책을 번역하기 위해 여러분이 거쳤던 무수한 고민의 궤적은 분명 여러분을 한층 성숙하게 만들 것이다. 이 소중한 경험을 밑거름으로 두 나라간 커뮤니케이션의 최전방에서 의미 있는 성과를 거두어 주길 희망한다.

번역 과정에서 스스로의 한계에 절망하며 잠시 번역을 멈출 때마다 문제 해결의 방향을 제시해 주고 역자들과 더불어 타자와의 교섭이라는 전체 콘텍스트를 따져보고 의미구성을 탐색하며 비로소 적절한 의미를 포착하기까지 한결같이 섬세함과 성실함으로 지도해주신 강영매 선생님, 그리고 이 책의 출판을 위해 애써 주신 범우사에 진심으로 감사드린다.

2004년 10월 6일

이화여대 통역번역대학원 통역학과 교수 **김혜림**

채문희
蔡文姬

🔖 등장 인물

채문희蔡文姬

이름은 염琰, 좌중랑장左中郎將 채옹蔡邕의 딸. 남흉노南匈奴로 간지 12년째로 좌현왕의 비妃가 되었다. 건안建安 13년(서기 208년), 조조가 사신을 보내 속贖하여 한나라로 데리고 온다. 처음 한나라로 돌아왔을 때 나이는 31세 가량.

호아胡兒

채문희의 아들. 처음 등장할 때의 나이는 8세 가량. 한나라로 왔을 때는 16세. 한나라로 보낸 것은 저자인 내 생각이다. 사료에는 그의 이름이 나와 있지 않다. 극중에서는 이도지아사伊屠知牙師*라 명명했다. 이도지아사는 왕소군王昭君의 아들로 좌현왕이 되었다. 좌현왕의 지위는 흉노에서 선우單于(한나라 때 흉노의 군주를 이르는 말) 다음으로, 선우가 죽으면 좌현왕이 즉위한다. 호아를 이도지아사라고 부름으로써 왕소군에 대한 채문희의 사모의 정을 충분히 드러냈다.

---

* 이도지아사 : 왕소군은 서시西施, 초선貂蟬, 양귀비楊貴妃와 더불어 중국의 4대 미인 중 한 사람이다. 한 원제元帝 경녕竟寧 원년(기원전 33년)에 남흉노의 호한야呼韓邪선우가 원제를 알현하기 위해 장안에 왔다가 궁녀였던 왕소군을 만나 혼례를 치른다. 후에 왕소군이 아들을 낳았는데, 이름을 이도지아사라 하였다. 이도지아사는 후에 일축왕日逐王이 되었다.

호녀胡女

생후 6개월 되었으며, 아직 강포에 싸여 있다. 문희는 이 아기를 소희昭姬라고 부른다. 후에 한나라로 갔을 때 나이는 9세.

조사랑趙四娘

문희의 이모. 이 사람은 가상의 인물이다. 문희의 어머니가 조오랑趙五娘으로 전해지므로 조사랑은 그녀의 언니가 된다. 문희와 함께 흉노로 간 후 서로 의지하며 살아간다. 문희가 한나라로 돌아간 후 흉노에 남아 있는 그녀의 자식들을 돌본다. 이모가 아이들을 돌봐주기 때문에 문희는 한나라로 돌아갈 결심을 하게 된다. 흉노땅에서 죽음을 맞는다. 호아와 호녀가 한나라로 갈 때는 이미 죽은 후다.

좌현왕左賢王

나이는 40세 전후로 가정한다. 극 중에서는 흉노의 민족주의자로 설정했다. 한나라 초 가장 걸출했던 흉노의 모돈선우冒頓單于의 이름을 따서 명명했다. 모돈선우는 한 고조 유방劉邦을 이기고 여후呂后를 욕보인 적이 있다. 좌현왕을 모돈이라 부름으로써 그의 강직함을 보여준다.

남흉노 호주천선우呼廚泉單于

나이는 50세 전후로 가정한다. 건안 21년 조조에 의해 업鄴 땅에 남게 되자, 우현왕 거비를 흉노로 돌려보내고 그 무리를 5부로 나누어 각 부에 귀인貴人을 원수로 두었으며, 한인을 사마司馬로 선발하여 감독을 맡겼다. 한나라 조조 때 남흉노는 귀화하였다. 북흉노가 일찍이 서쪽으로 이동하고, 그 지역은 선비족鮮卑族이 점령하였다.

우현왕右賢王 거비去卑

나이는 30세 전후로 가정한다. 친한파로 조조의 신임을 받았다. 흉노의 통치 서열은 선우, 좌현왕, 좌곡여왕左谷蠡王, 우현왕, 우곡여왕 순으로 우현왕은 서열이 네 번째다.

동사董祀

한때 둔전도위屯田都尉를 지냈으며, 문희와 같은 진류陳留 출신이다. 문희가 한나라로 돌아온 후 그와 재혼한다. 편의를 위해 극중에서는 조조가 흉노로 파견한 정사正使로 처리한다. 후에 장안長安 전농중랑장典農中郞將으로 승진한다. 처음 흉노로 갔을 때는 31세로 가정한다. 문희와 동갑이지만 몇 달 늦게 태어났다. 또 채옹의 사사를 받았으며, 채문희의 외사촌동생으로 어머니는 조삼랑趙三娘으로 가정한다.

주근周近

나이는 40세 전후로 설정한다. 사료에 기록이 있다. 조비의

《채백개녀부蔡伯喈女賦》는 실전되었지만 잔존하는 서문에 "채옹과 관포지교의 우정을 나눈 부친은 사자使者 주근에게 금은보화를 가지고 흉노로 들어가 채옹의 딸을 속해 오라 명하고, 그녀를 둔전도위 동사와 결혼시켰다"고 기록되어 있다. 편의를 위해 그를 흉노에 파견하는 부사副使로 둔전사마屯田司馬에 임명하며, 동사의 부하로 설정한다. 그러나 동사와의 의견 대립으로 수차례 그를 모함하기에 이른다.

조조曹操

채문희가 돌아왔을 때 54세다. 때는 건안 13년(서기 208년). 실은 그 해 7월에 승상이 되지만 극중에서는 편의를 위해 승상이라고 칭한다. 건안 21년에 62세로 위나라 왕위에 오른다.

변후卞后

조조보다 4살 아래며, 조비, 조창曹彰, 조식曹植의 생모다. 기루 출신으로 사료에는 근면 검소하고 후덕하며, 채식과 조밥을 즐겨 먹고 생선과 육류를 멀리했다고 한다. 조조는 그녀를 매우 사랑했으며, "화가 나도 얼굴에 드러내지 않고, 좋아도 절제할 줄 아는" 사람이라고 그녀를 표현했다.

조비曹丕

건안 13년 때 그의 나이 22세다. 이때의 관직은 불분명하다. 건안 16년에 오관중랑장五官中郎將과 부승상 직을 맡았다. 극중에서는 편의를 위해 첫 등장 때부터 오관중랑장으로 설정한다.

시금侍琴, 시서侍書
조 승상 집의 하녀로 채문희의 시중을 들기 위해 동사를 따라 남흉노로 파견된다.

흉노 병사, 흉노 하녀, 흉노 악대, 흉노 무용단 등 약간 명.
조 승상 집의 하인, 동작대銅雀臺*의 가기歌伎 등 약간 명.

때
한漢 헌제獻帝 건안 13년에서 건안 21년까지(서기 208년에서 서기 216년까지)

장소
제1, 2막은 남흉노, 제3막은 장안長安 교외, 제4, 5막은 업하鄴下

---

*동작대 : 동작이란 동으로 만든 참새란 뜻으로 《삼국지》에 보면 한 농부가 덩을 파다가 이를 발견해 조조에게 바치는데, 조조가 그곳에 호화로운 궁전인 동작대를 짓는다.

제
1
막

좌현왕의 거처인 파오[*], 음력 2월 봄날의 어느 아침.

파오가 무대 한쪽에 설치되어 있다. 문 밖으로 채색 차양이 쳐 있으며, 바닥에는 양탄자가 깔려 있고 각종 도구들이 놓여 있다. 주위에 칸막이가 세워져 있어 여러 구역으로 나뉜다. 모퉁이마다 밖으로 통하는 구멍이 있다. 배경은 흉노와 중국의 풍물이 적절히 배치되어 있다. 가끔씩 말 울음소리가 들린다.

[*] 파오[包] : 게르라고도 한다. 높이 1.2m의 원통형 벽과 둥근 지붕으로 되어 있다. 벽과 지붕은 버들가지를 비스듬히 격자로 짜서 골조로 하고, 그 위에 펠트를 덮어씌워 이동할 때 쉽게 분해 조립할 수 있다. 입구는 남으로 향하며 중앙에 화덕, 정면 또는 약간 서쪽에 불단佛壇, 벽 쪽에는 의장함, 침구, 조리용구 등을 둔다. 연령이나 성별에 따라 자리가 정해져 있고, 안쪽에 가장家長이나 라마승이 앉는 상석이 있다. 파오는 바람의 저항이 적고 여름에는 시원하다.

흉노족 복장을 한 채문희. 옷차림이 위구르족과 같다. 초췌한 모습으로 혼자 차양 아래를 배회하고 있다. 기뻐했다가 다시 근심걱정에 잠긴다. 계속 한숨을 내쉬거나 때로는 "어떻게 하지? 돌아가야 하나, 말아야 하나?"하고 혼잣말을 한다. (이런 혼잣말은 일정 간격으로 계속 반복된다)

문득 멈춰 서더니 시를 구상하듯 먼 곳을 응시한다. 사실 그녀는 꼬박 사흘 밤낮을 뜬눈으로 지샜다. 밤을 새는 동안 그녀는 《호가십팔박胡笳十八拍》의 제12박까지 지었다.

무대 뒤에서 합창한다. 음악 반주가 있다. (《호가시胡笳詩》 중의 '혜兮'자는 고문에서 '가呵'로 읽었기 때문에 '혜' 자를 모두 '가' 자로 고친다)

철따라 동풍이 부니 따뜻한 기운이 감돌고,
한나라 황제가 널리 온정을 베푼다네.
강족羌族과 흉노 사람들이 함께 춤을 추고 노래 부르니,
두 나라는 기쁜 마음으로 병기를 거두었다네.
한나라 사신이 홀연히 와서 부르더니,
천금으로 이 몸을 대속해주는 구나.
성군을 만나 살아 돌아가게 되는 기쁨을 얻으나,

어린 두 자식 떼어놓고 가면 다시 만날 길이 없구나.

열두 박자에 슬픔과 즐거움을 모두 지니나,

떠나고 남는 정 어찌 다 가지리.

호아 이도지아사가 활을 차고, 허리에 화살주머니를 달고 파오 맞은편에서 달려온다.

호아 어머니! (문희를 향해 달려온다)

문희 (걸음을 멈추고) 그래, 얘야, 이른 아침부터 어디를 다녀오는 게냐?

호아 제가 토끼를 잡아왔어요. 사람들이 그러는데 어머님이 오늘 한나라로 돌아가신다면서요, 정말인가요?

문희 (주저하며, 한숨을 쉬고, 눈물을 참는다) …….

호아 (어머니를 껴안으며) 어머니, 우세요? 왜 우세요? 한나라로 돌아가신다니, 기쁜 일 아닌가요? 어머니도 항상 우리를 데리고 가겠다고 말씀하셨잖아요? 전 정말 기뻐요.

문희 (울음을 터뜨리며) 이도지아사야! 아들아! (호아를 와락 끌어안고 목이 메어 소리 없이 운다. 잠시 후 흐느껴 울며 말한다) 네게 미리 말하지 못했구나. 나를 대속해주시려고 한나라 조 승상께서 사신을 통해 많은 금은보화

와 비단을 보내왔단다. 호주천선우는 이미 허락했단
다. 나도 사흘 동안 생각해보았는데, 오늘이 벌써 나
흘째, 마지막 결정을 내려야 한단다.

호아 어머니, 아직도 결정을 못하셨어요? 저희와 아버지,
그리고 넷째 이모할머니와 함께 돌아가는 것으로 결
정내리세요.

문희 나도 정말 돌아가고 싶어. 전에 네게 호사수구狐死首丘
에 대해 말한 적 있지. 사람은 모두 죽을 때 고향을
그리워한단다. 네 외조부와 외조모의 묘지가 장안에
있는데, 십이 년 전 흉노로 오는 도중에 들러 성묘했
던 게 전부란다. 돌아가서 성묘도 하고 싶구나. 특히
네 외조부께선 많은 작품을 지으셨는데 전란 중에 잃
어버렸지. 그러니 돌아가면 그것들의 일부라도 찾아
보고 싶단다. 십이 년간 이런 생각을 품고 있었는데
돌아갈 기회가 없었어. 지금 그 기회가 왔으니 나도
기쁘기가 이루 말할 수 없구나.

호아 그러니까요. 어째서 우리와 함께 돌아가시겠다는 결
정을 빨리 내리지 못하고 계세요? 저는 만리장성萬里
長城도 보고 싶고, 황하黃河, 장강長江, 동악東岳 태산泰
山에도 가보고 싶어요!

문희 (슬퍼하며) 아들아! 너는 모를 게다. 내가 이 일로 삼

일 동안 잠을 못 자고 있단다.

호아 하긴, 진지도 안 드시더니 며칠 사이에 많이 야위셨잖아요. 어머니, 어디 편찮으세요? 네?

문희 (고개를 저으며) 그래, 아픈 것보다 더 괴롭구나. (천천히) 돌아가게 돼서 나도 무척 기쁘단다. 십이 년 동안 포기하고 살았는데 갑자기 소원이 이루어졌으니. 그러나 아들아, 너는 아직 이 어미의 고통은 모를 게다. 내가 돌아가려면,…… (말하기를 주저하다가, 결국 단호하게 말한다) 너희들을 놔두고 가야 한단다!

호아 (놀라며) 네? 어머니, 지금 무슨 말씀이세요?

문희 (비통해 하며) 내가 돌아가려면, 너희들을 여기에 남겨놓아야 한다는 구나. 너와 너의 6개월 된 여동생을 남겨두고 말이야.

호아 어떻게 그럴 수 있어요? 어머니, 저희를 버리시는 겁니까?

문희 아니, 절대 아니야! 네 아버지가 너희를 데리고 가는 걸 허락지 않으신단다. 그리고 내가 돌아가는 것도 그리 탐탁치 않게 여기신단다.

호아 어떻게 그럴 수 있어요? 제가 아버님께 직접 따지겠어요.

문희 이미 아버지와 삼 일 동안 이야기했단다. 내가 어미가 없는 아이들은 너무 불쌍하니까 아이들은 내가 데리고 가겠다고 말했지. 네 아버지는 절대 안 된다고 하셨단다. 내가 한인이기 때문에 돌아가도록 허락하지만, 너희들은 흉노족이니 나와 함께 돌아가는 것을 허락지 않는다고 하셨어. 내가 그럼 두 아이 중에 한 명씩 각자 돌보도록 하고, 너와 네 동생 중 한 명을 데리고 가겠다고 했는데 그것도 안 된다고 하시는구나. 아들아, 내가 너희들을 놔두고 혼자서 돌아가야 한다니 심장을 도려내는 듯이 아프구나.

호아 (벌컥 성을 내며, 눈물을 머금고) 아버지께서 이러실 수 있나요? 흉노족과 한인은 한 가족이 아닌가요?

문희 아들아, 네가 아직 어려서 잘 모를 거야. 아버지는 너희들을 무척 사랑하신단다. 너희들을 보내주시지 않는다고 아버지를 탓해선 안 돼.

호아 흥! 저는 어머니 아들이에요. 그러니 어머니와 함께 돌아가겠어요! 저는 어머니와 함께 돌아가겠다고요!……

조사랑이 호녀를 안고 파오에서 나온다.

호아 (고개를 돌려 조사랑에게 떼쓰며) 할머니, 어머니가 한

　　　나라로 돌아가시려고 하는데 아버지께서 우리들은
　　　함께 가지 못한다고 말씀하셨대요.

조사랑　너도 알고 있었니? 네 어미와 내가 이 일 때문에 요
　　　며칠 마음이 많이 아프단다.

호아　　이모할머니도 돌아가시는 건가요?

조사랑　나도 돌아가고 싶지. 이도지아사야, 네가 크면 알
　　　게 된단다. 사람은 누구나 자신의 고국을 그리워하
　　　지.…… 그러나 삼일 동안 생각하고 어젯밤 네 어
　　　머니에게 분명히 말했단다. 나는 남겠다고. 내가
　　　남아서 너희 오누이를 돌보면, 네 어머니가 마음
　　　놓고 돌아갈 수 있을 테니 말이다.

　　　호아가 큰소리로 운다. 문희와 조사랑도 하염없이 눈물을 흘
　린다.

문희　　이모님, 저, 저, 저는 돌아가지 않겠어요. 우리 모두
　　　여기에 남기로 해요.

조사랑　(쓴웃음을 지으며) 애들 때문에 너무 약해지지 말거
　　　라! 문희야! 너는 반드시 돌아가야 한다. 네 아이들
　　　은 내가 책임지고 돌보마. 어른이 될 때까지 훌륭
　　　하게 자라도록 가르칠게. 내가 네 몫까지 대신 할

수 있단다. 내가 여기 있으면 너도 여기에 있는 것
처럼 마음이 놓일 것 아니냐.

호아   저는 어머니를 따라 가겠어요. 이모할머니도 함께
돌아가요! (소란을 피운다)

조사랑   어쩔 수 없단다. 좌현왕께서 절대로 너희들을 보내
지 않으려고 하시니까 말이다. 그리고 이런 말씀도
하셨단다. 만일 너희들을 함께 데리고 가면 네 어
머니는 살아남지 못할 거라고 말이다.

호아   뭐라고요? 아버지께서 어머니를 죽이신다고요?

조사랑   그래, 그렇게 말씀하셨단다. 그리고 네 어머니는
한인이니 간다면 할 수 없지만, 너희들은 흉노인이
니 절대 데리고 갈 수 없다고 말이다. 만일 데리고
가면 모두 다 죽여 버리겠다고 하셨단다!

호아   (분노하고 원망하며) 흥! 제가 가서 아버지께 따지겠
어요. (퇴장하려고 한다)

문희   (한 손으로 그를 만류하며) 이도지아사야, 그래서는
안 된다. 네가 어떻게 아버지께 그런단 말이냐? 아
버지께서 너희들을 보내지 않는 것은 다 너희들을
사랑하시기 때문이야.……

호아   저는 아버지의 사랑 따위는 필요 없어요!

문희   아버지께서 그렇게 말씀하시기는 했지만, 그래도

여전히 엄마한테 잘 해주셔.

호아   그런데, 왜 우리를 보내주시지 않는 거죠?

문희   네 아버지도 나이가 드신 게야. 만일 너희들을 다 보내고 나면 살 수 없을 거라고 말씀하셨단다.

호아   아버지도 같이 가자고 권해보세요.

문희   (쓴 웃음을 지으며) 안 된다, 그렇게 할 수는 없단다.

조사랑   (말참견하며) 이도지아사야, 네 어머니가 한나라로 돌아가고 싶은 것처럼, 네 아버지도 이곳 흉노를 떠나고 싶지 않으시단다. 이것은 똑같은 이치야.

호아   그럼 할머니는 어째서 돌아가시지 않나요?

조사랑   말하지 않았니? 나는 너희들을 사랑하고 또 네 어머니를 사랑한단다. 네 어머니는 나 대신 고향을 사랑하는 마음을 안고 돌아가고, 나는 네 어머니 대신 너희들을 사랑하는 마음을 가지고 남는 거란다. 나는 홀몸이고, 살 만큼 살았단다. 너희들을 키워, 너희들 세대가 너희 아버지 세대를 대신해 흉노와 한인이 한 가족을 이루는 때가 온다면 나는 그것으로 만족한다.

문희   이모님, 저도 돌아가지 않겠어요. 제가 어떻게 모두를 버릴 수 있겠어요? 제가 어떻게 이모님을 두고 갈 수 있겠어요? 이십 년간 우리는 그림자처럼 붙

어 다녔는데, 이모님은 저를 낳아주신 제 어머니보
다 더 아껴주셨는데, 제가 어떻게 또 어미로서의 책
임을 이모님께 떠넘길 수 있겠어요? 아! 돌아가면
내가 또 뭘 할 수 있겠어요?

조사랑 (질책하며) 그런 말 말아라! 네 능력으로 할 수 있는
일이 얼마나 많은데! 아직 나를 못 믿어서 그러는
게냐? 내 나이 지금 육십이지만, 앞으로 십오 년은
더 살아서, 네 아이들을 키우고 흉노와 한인이 한
가족이 되는 것을 볼 것이다.

좌현왕이 병사 둘을 데리고 급히 등장한다.

좌현왕 (분개하며) 이 무슨 말이오? 말도 안 되는 소리! 흉
노와 한나라가 한 가족이 된다고? 흥!

조사랑 아니, 지금 이 가족이 그렇지 않습니까?

좌현왕 말씀 잘 하셨습니다! 직접 보시지 않았습니까? 우
리 가족이 지금 뿔뿔이 흩어지게 됐습니다. (문희를
돌아보며) 문희, 부인! 오늘이 나흘째요, 호주천선우
께서 한나라에서 온 사신들에게 송별연을 베풀고
계시오. 그러니 당신도 오라고 하오. 오늘 돌아간
다고 했소!

문희 뭐라고요? 오늘 간다고요?

좌현왕 그렇다니까. 한나라 사신이 조 승상의 명을 받아 오월 이전에 돌아가야 한다고 했소. 돌아가는 길만 도 두 달이 걸리지 않소.

문희 한나라 사신의 이름을 몇 번씩 물었는데 아직까지 도 모르세요?

좌현왕 그 사람들 이름을 알 수가 있어야지. 말도 안 되게 간단해서 말이야. 한 사람은 '동사東師'(董祀) 도위都 尉고, 한 사람은 '장군將軍'(周近) 사마司馬라는 것만 알고 있소. 이런 관직명으로 볼 때, 아마도 관병을 데리고 왔을 것이라는 정도만 아오. 그 '동사' 도위 라는 작자는 그래도 태도가 부드러운데, '장군' 사 마라는 작자는 거만하기가 우리는 안중에도 없었 소. 그가 방금 내게 은근히 뭐라고 말했는지 아시 오. "당신이 채문희를 한나라로 돌려보내지 않으면 조 승상의 대군이 흉노를 모조리 쓸어버릴 것이요" 이러는 거 아니겠소. 그 오만무례한 태도를 도저히 참을 수 없었소. 어쩌면 대군을 뒤에 준비해두고 우리를 정탐하러 온 건지도 모르지. 이게 한나라의 상투적인 수법이라고 내가 말한 적 있지 않소? 이 것이 처음에는 예의를 차리다가 안 될 때는 강경한

수단을 사용한다는 '선예후병先禮後兵'이란 것이오.
내가 당신을 가지 못하게 하면 그 대군이 국경을
장악할 것이고, 우리 남흉노는 북흉노나 삼군오환
三郡烏桓처럼 되고 말 것이오! 부인, 내 당신을 보내
고 싶지는 않지만 어쩌겠소? 내 몸을 둘로 나누지
못하는 것이 안타까울 뿐이오.

문희 그렇게 조급해 하지 마세요! 저도 당신을 떠나고 싶
지 않아요. 애들을 놔두고 제가 어찌 혼자 갈 수 있
겠어요? 둘 중의 하나라도 데리고 갈 수 있게 허락
해준다면…….

좌현왕 안 돼! 어림없는 소리! 요즘 난 정말 미쳐버릴 것 같
아. 당신이 가고 싶다면 붙잡지는 않을 거야. 조사
랑 이모만 데리고 가시오. 그 외에는 누구도 데리
고 갈 수 없어! 그렇지 않으면 내가 우리 가족을 몰
살할 지도 모르니까!

조사랑 진정하세요, 좌현왕! 저 결심했어요. 제가 문희 대
신 남아서 애들을 돌보고 문희만 보내도록 하겠습
니다.

호아는 어머니를 끌어안고, 엉엉 운다.

호아 나도 어머니랑 같이 갈래, 나도 어머니랑 같이 갈
      거야······.

좌현왕 (버럭 화를 내며) 네 이놈! 당장 그치지 못하겠느냐?
      (병사에게) 저 애를 끌어 내거라!

   흉노 병사 두 명이 앞으로 나오더니 호아를 붙잡는다. 호아
는 대성통곡을 하며 떨어지지 않으려고 안간힘을 다한다. 좌현
왕은 벽력같이 노하여 몇 번이나 칼을 빼려고 한다. 조사랑이
옆에서 말린다.

문희 (단호하게 병사에게 호령한다) 너희들 함부로 움직이
      지 말거라!

   흉노 병사는 약간 머뭇거린다.

문희 아직 결정을 내리지 않았으니 꼭 가겠다는 것도 아
      니지 않느냐. 이놈들 멀찌감치 물러서거라!

   흉노 병사는 좌현왕의 눈치를 본다. 좌현왕이 마지못해 고개
를 끄덕이자 병사들은 문희 곁에서 멀찌감치 떨어져 서 있다.

문희 넷째 이모, 소희를 안으세요.

조사랑 그래, 이도지아사야, 할머니와 함께 가서 놀자꾸나. 엄마는 안 갈 거야.

호아 싫어, 나는 엄마랑 같이 있을래! 나는 엄마랑 같이 있을 거야!

문희 (호아를 어루만지며) 내 아들 이도지아사야, 엄마 말 들어야지? 이모할머니하고 나가서 동생 데리고 놀도록 해라. 너희들이 크면 한나라에 갈 수 있단다. 얼른 물러가거라.

조사랑 그래, 초원에 가서 말 달리는 것이나 구경하자.

　이미 철이 든 호아는 아무 말 없이 따른다. 호아는 두 눈에 눈물을 머금고 좌현왕과 흉노 병사를 노려보다가 활을 홱 던져버리고 조사랑을 따라 퇴장한다.

문희 (좌현왕에게) 여보, 화내지 마세요. 저도 당신이 얼마나 괴로운지 알아요. 혹시라도 제가 가게 된다면 이모님을 잘 모시고 애들을 키우게 해주세요. 솔직히 말해서 저 정말 가고 싶어요. 그러나 또 한편으로는 당신과 애들을 떠나기 싫어요. 저는 꼬박 삼일을 고민했어요. 하지만 아직 결정을 못 내렸어요.

제가 흉노와 한나라가 영원히 평화롭게 지내길 바라는 걸 당신도 아시잖아요. 조 승상이 사신을 파견해 저를 데려가려고 하시면서 뒤에 군대를 딸려 보냈다면 그것은 도리에 맞지 않습니다. 한나라 사신에게 똑똑히 물어볼 거예요. 정말로 그렇다면 저는 절대로 돌아가지 않을 것이며 죽어도 흉노에서 죽겠다고 말할 거예요. 그래서 말인데요. 당신에게 부탁이 하나 있어요.

좌현왕 (어조가 부드러워진다) 설마 나더러 한나라에 귀순하라는 얘기는 아니겠지?

문희 당신을 그렇게 난처하게 만들 일은 아니에요.……

한 흉노 병사가 하나 등장하더니 좌현왕에게 보고한다.

병사 좌현왕께 아룁니다. 선우님께서 두 분을 빨리 왕궁으로 모셔오라고 하셨습니다.

좌현왕 알았다. 물렀거라!

병사가 퇴장한다.

좌현왕 빨리 말해봐, 무슨 부탁인데?

문희   한나라 사신을 이리로 불러 주세요. 성품이 온화해
보인다는 '동사' 도위를 여기로 부르세요. 뒤에 병
사들이 있는지 없는지 제가 직접 물어볼 거예요. 당
신은 가까이에 숨어서 우리들의 대화를 들으세요.
하지만 절대 들켜서는 안 됩니다. 옆에 누가 있다는
걸 알면 한나라 사신이 사실을 얘기하지 않을 거니
까요. 이 부탁을 들어주실 수 있으세요?

좌현왕   (잠깐 생각하더니 고개를 끄덕인다) 그 정도는 해줄 수
있지. 그럼 건너가서 잘 얘기해놓고 사신을 이쪽으
로 데려오리다.

좌현왕이 병사 둘을 데리고 퇴장한다.

채문희는 혼자서 무대를 배회하며, 《호가시》의 제13박을 구
상 중이다.

뒤에서 반주와 함께 합창 소리가 들려온다. —

뜻밖에도 여생을 고향에서 보낼 수 있게 되었으나
호아를 부둥켜안으니 눈물이 옷을 적시네.
한나라 사신이 사두마차로 나를 맞이하지만

호아의 울부짖음을 그 누가 헤아릴까?
나는 생사의 갈림길을 이 순간에 맞았구나!
자식 근심에 해도 빛을 잃었으니
어찌 날개를 얻어 너에게 돌아갈 수 있을까?

좌현왕이 병사 두 명과 함께 한나라 사신 동사 및 한나라 하
녀 두 명을 데리고 등장한다. 하녀 두 명은 각각 한나라 의관과
초미금焦尾琴을 들고 동사를 수행한다.

채문희는 동사를 보더니 놀라움을 금치 못한다.

좌현왕 여보, 한나라의 사신을 모셔왔소. 이분이 바로 '동
사' 도위요.

동사 (문희에게 예를 갖춘다) 문희 부인, 안녕하십니까!
저는 진류陳留 동사입니다. 십여 년 만에 다시 뵙는
군요.

문희 (예에 답한다) 어머, 공윤公胤이군요! (좌현왕에게) 여
보, 고맙기도 하지. 한나라에서 오신 이 분은 성은
동씨요, 이름은 사요, 자는 공윤으로 저희 아버지
학생이며 저의 외사촌동생이기도 합니다. 공윤의
어머니는 저의 어머니와 조사랑 이모의 친언니 되

십니다. 공윤은 어려서 어머니를 잃고 저희 어머니
슬하에서 자랐지요.

좌현왕 아, 그렇소. 그럼 두 분이 여기서 회포를 푸시요. 나
는 선우와 부사를 모셔야 하니 잠깐 실례하겠소.

동사 예, 그러시지요.

좌현왕과 흉노 병사 두 명은 오던 길로 퇴장하더니 칸막이
뒤에 숨는다.

동사 (문희에게) 문희 부인, ……

문희 그렇게 부르지 말게. 그냥 어릴 때 부르던 대로 누님
이라 부르지.

동사 네, 누님. 이렇게 다시 만날 줄은 정말 몰랐습니다.

문희 나도 정말 뜻밖이네.

동사 저한테 조카들이 생겼다고 들었습니다.

문희 그래. 넷째 이모도 여기 계셔.

동사 네? 넷째 이모도 여기 계시다고요?

문희 우리는 흥평興平 2년에 여기로 흘러들어왔어. 여기서
벌써 12년이나 함께 지냈지.

동사 참! 그 동안 세상이 얼마나 많이 변했는지 정말 상상
도 못했습니다.

문희 공윤, 자네한테 묻고 싶은 게 있는데 이번에 모두 몇
명이나 왔나?

동사 누님, 모두 서른다섯 명이 왔습니다. 제가 정사正使고
주근이라는 부사副使 한 명이 왔는데, 청하淸河 최염崔
琰* 의 학생입니다. 그 외에 시종들과 마부들이 있습
니다.

문희 뭐, 주근이라고? 무슨 '장군' 이라고 하던데?

동사 발음을 잘못했군요. 저는 진류의 둔전도위로 있으며,
주근은 제 휘하에 있는 둔전영의 사마입니다.

문희 자네를 비롯한 사절단이 먼저 도착한 뒤 군사들이 곧
당도한다고 들었는데?

동사 (놀란다) 누가 그러던가요? 헛소문을 퍼뜨리고 다니는
군요.

문희 흥, 헛소문이라고? 부사 주근이 직접 좌현왕에게 그
렇게 말씀드렸어. 만약 나를 돌려보내지 않으면 대군
이 곧 도착하여 흉노를 전부 없애버릴 거라고 말했다

* 최염 : 하북의 명사이며 조조의 모신謀臣. 청하군淸河郡 동무성東武城 사람으로
자는 계규. 천하의 인재를 잘 가려냄. 후한의 기도위騎都尉를 지냈으며 여러
차례 원소袁紹에게 자중하라고 권하였으나 들어주지 않자, 병을 칭탁하고 두
문불출했다. 조조가 원소를 멸한 후 불러내어 별가종사別駕從事로 임명하였
다. 벼슬이 상서尙書에 이르렀는데 뒤에 조조가 위왕魏王이 되려 하자 이를
욕하다가 옥에 갇힌 뒤 난장亂杖을 맞고 죽었다.

던데.

동사 (크게 놀란다) 정말 그런 말을 했다고요? 요즘 들어서
주근이 입을 함부로 놀리는군요. 어떻게 그런 말을
할 수 있지? 우리는 정월 초순에 업하를 출발했습니
다. 조 승상은 친히 저희를 만나 호주천선우님과 좌
현왕에게 예물을 바치고 누님을 모셔오라 했습니다.
승상은 또 승상 댁의 시녀 두 명을 함께 보내면서 누
님을 모시도록 했습니다. (초미금을 안고 있는 시녀를
가리키며) 이 시녀의 이름은 시금입니다.

시금은 무릎을 반쯤 굽히며 인사를 한다.

동사 (의관을 들고 있는 시녀를 가리키며) 이 시녀의 이름은
시서입니다.

시서도 같은 식으로 인사를 한다.

동사 누님께 드리려고 옷 몇 벌과 초미금을 가져왔습니다.
(시서의 손에 든 초미금을 가리키며) 조 승상이 초미금을
잘 타신다는 것은 누님도 잘 알고 계시죠. 이 초미금
은 이모부님의 것을 본 따 만든 것으로 만드는 과정

을 승상님께서 친히 감독하셨습니다. 또 손수 한번
타면서 음을 들어보시더니 누님이 마음에 들어 할 거
라고 말씀하셨습니다.

문희 (의도적으로 다른 말을 한다) 하지만 나는 조 승상이 병
법에 능하다는 것을 알고 있어. '용병에는 속임수를
써도 무방하다(兵不厭詐)'는 말도 있잖아. 조 승상은
속임수를 잘 쓰지 않는가? 내가 듣기로는 작년에 삼
군오환과 싸워서 이긴 것도 다 조 승상이 속임수를
써서라며? 정면에서 공격한 것이 아니라 측면에서 기
습을 했다면서?

동사 누님은 하나만 알고 둘은 모르시는군요. 조 승상은
군사와 백성들을 자신의 생명같이 소중히 여기시는
분입니다. 물론 그 분이 용병에 능하지만 일반 병사
들과 어려움을 같이 나누며 함부로 군사를 동원하지
는 않습니다. 국내에서 해마다 전쟁이 끊이지 않지만
정말 어쩔 수 없어 그런 것입니다. 승상은 강압세력
들을 몰아내고 합병하는 것을 막았습니다. 또한 가난
한 자들을 구제하고 둔전제를 실시하여 뿔뿔이 흩어
졌던 농민들이 다시 안정된 생활을 할 수 있도록 도
와주어 혼란에 빠졌던 천하가 다시 태평성세를 되찾
게 되었습니다. 누님, 지금 중원은 12년 전 누님이 떠

날 때와 전연 다른 모습입니다.

승상이 작년에 삼군오환을 정벌하러 나선 것은 '성군聖君의 군대는 천하에 막을 자가 없다' 는 말을 증명하신 것입니다. 삼군오환이 최근에 갑자기 강성해지자 자주 북쪽 변경을 침범하고 흉노도 침범했습니다. 그는 십만 여에 달하는 한인들을 붙잡아서 노예로 만들어 북부의 변경 지대는 해마다 피해를 입었습니다. 조 승상은 더 이상 두고 볼 수 없어 직접 정벌에 나섰고, 천 리를 행군하여 삼관오환을 평정해버렸습니다. 이 전쟁의 승리로 한나라 사람뿐만 아니라 흉노인들도 구했습니다. 노예로 잡혀갔던 십만 여 한나라 사람들이 모두 돌아왔고 많은 흉노인들도 석방되었습니다. 오환의 귀족들은 조 승상에게 감화를 받아 귀순하였으며, 지금 오환의 기마병들은 조 승상 휘하에서 천하제일의 강력한 군대가 되었습니다. 인의를 갖춘 분이 아니면 이러한 일을 해내실 수 없지요. 누님은 고향을 떠난 지 너무 오래 되어서 이런 사실을 잘 모르실 거예요. 조 승상께서는 "천하에 가장 귀한 것은 인간이다"라고 주장하십니다. 또 "성현은 부득이한 경우를 빼고는 군대를 동원하지 않는다"라는 말씀도 하셨습니다.……

문희 공윤, 궁금한 게 또 있네. 조 승상이 나를 데려오라고
자네들을 보냈는데 도대체 내가 돌아간 후 무슨 일을
시키시려는 거지? 내가 흉노에서 12년이나 살았으니
여기 사정을 잘 알기에 군사적으로 나를 이용하려는
거 아니야?

동사 누님, 어떻게 군사문제를 거론하시는지요? 우리가 떠
나올 때 조 승상께서는 지금 한나라와 흉노는 이미
화해를 했고 외환도 거의 다 막아냈으니, 조정에서는
인재를 많이 모으고 문치에 힘쓸 것이라고 하셨습니
다. 이모부 백개 선생님은 뛰어난 학자였지만 억울하
게 돌아가신 일을 거론하시고, 누님은 백개 선생님의
외동딸로서 재능이 반소班昭보다 결코 못하지 않다고
말씀하셨습니다. 반소는 부친 반표班彪의 유업을 이어
받아 오빠 반고班固가 《전한서前漢書》를 저술하도록 도
왔습니다. 누님도 하루빨리 백개 선생님의 유업을 이
어받아 《속한서續漢書》 저술에 참여시켜야 한다고 말
씀하셨습니다. 이 모든 것은 승상께서 직접 저희에게
하신 말씀입니다. 조 승상께서는 문치에 큰 뜻을 품으
시고 누님의 재주를 높이 사 모셔가려는 것입니다.

문희 고맙네, 공윤. 지난 십이 년 동안 나는 고향을 한 번
도 잊어 본 적이 없고 아버님의 유고를 이어받아야

하는 것도 잘 알고 있네. 하지만 공윤도 알다시피 난 여기에 아들 하나 딸 하나가 있네. 조 승상은 이 사실을 모르고 계신가?

동사 조 승상도 알고 계십니다. 그 분도 누님의 자녀가 함께 돌아오기를 바랍니다. 저희도 노력을 많이 했으나 좌현왕이 끝까지 고집을 부리시는군요. 누님이 가시는 것은 허락할 수 있지만 아들딸을 데리고 가는 것은 절대 안 된다고 하시더군요. 누님도 참 안타까우시겠지만 저희도 매우 안타깝게 생각합니다. 하지만 제가 보기에는 좌현왕이 애들을 보내지 않는 것도 인지상정이라고 생각합니다. 만일 제가 좌현왕의 위치에 있었다 해도 안 보냈을 것입니다. (잠시 멈췄다가) 하지만 한나라와 흉노는 이미 한 가족과 같습니다. 누님, 그러니 아이들을 놓고 가는 것이나 데리고 가는 것이나 모두 마찬가지입니다. 아이들이 자라 어른이 되면, 그때 분명 돌아올 수 있는 기회가 생길 겁니다. (다시 잠깐 멈췄다가) 누님, 국가대사를 우선으로 하시고 천하의 아들딸들이 모두 누님의 자식이리 생각하시지오.

문희 (크게 감동하며) 아, 공윤, 그 말을 들으니 내가 할 말이 없구려. 여보, 좌현왕이여! 나보고 어쩌란 말입니

까? (주먹으로 가슴을 치며 흐느낀다)

이때 좌현왕과 흉노 병사 두 명이 매복하고 있던 곳에서 나온다.

동사는 갑작스런 그들의 등장에 놀라 허리에 차고 있던 칼 위에 손을 얹는다. 하녀 두 명은 놀라 급히 문희 곁으로 간다.

좌현왕 (급히 한 쪽 무릎을 꿇고 동사에게 예를 표한다. 간절하게) 동사 도위, 정말 감사하오.

동사는 답례를 하고 두 사람은 서로를 부축해 일으킨다.

좌현왕 방금 하신 말씀을 듣고 내 의문이 모두 풀렸소. (문희를 돌아보며) 문희, 걱정 말고 가시오. 가서 조 승상의 뜻대로 장인어른이신 백개 선생님의 유업을 계승해 《속한서》 편찬을 하는 편이 흉노에 있는 것보다 훨씬 나을 거요. 그리고 나중에 흉노로 돌아오면 될 게 아니오. 또 나도 기회가 닿는다면 거기로 한 번 가겠소. 당신이 가고 나면 내 반드시 당신의 당부대로 조사랑 이모님께 아이들을 돌보게 할

거요. (차고 있던 경려도輕呂刀를 풀고 다시 한 쪽 무릎
을 꿇어 동사에게 예를 표한다) 동사 도위, 이 경려도
를 받아주시오. 이 검은 내가 지난 10년 동안 지녀
온 것으로 수없이 많은 전쟁을 겪었고, 셀 수 없이
많은 사람들이 이 검에 죽었소. 이 검을 드리겠소.
당신 앞에서 이제 한나라와 평화롭게 지낼 것을 맹
세하오.

동사 (크게 감동하며 마찬가지로 한 쪽 무릎을 꿇고 검을 받는
다) 감사합니다, 좌현왕. (서로 부축해 일어난다. 검을
허리에 차고, 자신이 차고 있던 옥구검玉具劍을 풀어 좌
현왕에게 바친다) 좌현왕, 이 옥구검은 조 승상께서
저에게 내리신 것입니다. 이 검은 제 목숨보다도 더
소중한 것이지만 저도 이 검을 왕께 드리겠습니다.
받아 주시지요.

좌현왕은 검을 받아서 찬다. 두 사람은 두 손을 모아 예를 표
한다. 흉노 병사와 한나라 하녀들은 무릎을 꿇고, 문희 역시 합
장하고 눈물을 떨구며 미소 짓는다.

— 서서히 막이 내린다

제
2
막

━━◆◈◆━━

호주천선우의 파오(왕궁에 해당).

배치는 1막과 비슷하나 좀더 화려하다. 곳곳에 깃발이 걸린 깃대가 세워져 있고, 그 아래에는 징이 여러 개 매달려 있다. 적절한 위치에 활과 화살, 안장, 녹각, 호랑이 머리 등이 걸려 있다.

파오의 문 밖 큰 천막 아래, 문과 마주한 곳에 양탄자가 깔려 있는 이곳이 상석이다. 호주천선우는 정중앙에 앉아 있고, 주근은 그의 오른쪽에 앉아 있다. 흉노인은 왼쪽을 숭상하며, 왼쪽 자리는 비어 있는데 그 자리가 사신 동사를 위한 자리임을 알 수 있다. 양옆에도 양탄자가 깔려 있으며, 우현왕 거비의 자리는 주근 곁이다. 맞은편 자리도 비어 있는데 바로 좌현왕의 자리다.

자리는 바닥에 마련되어 있고 각각 호랑이나 표범 가죽으로 짠 방석이 놓여 있다. 주근은 둔전사마다. 조위曹魏의 둔전제도는 군국郡國에 전농중랑장典農中郎將이나 전농교위典農校尉를 설치하는 제도다. 군국의 규모에 따라, 규모가 큰 곳에는 비교적 지위가 높은 중랑장을 임명하고, 작은 곳에는 교위를 임명한다. 그 아래에 둔전도위를 두는데, 전농도위라고도 한다. 또 그 아래로는 영둔전營屯田을 나누고, 각 영마다 사마를 임명했다. 그러므로 둔전사마는 둔전도위 아래에 있지만, 간략하게 줄여서 사마라고 부르면 고관대작인 '사마' 벼슬 같아 주근은 은근히 이를 자랑스러워한다. 자존심이 강하고 대국주의 성향이 짙으며, 윗사람에게는 아첨하고 아랫사람에게는 거만하게 군다. 자리에서 앉았다 일어서다를 반복하며 예절 같은 것은 신경 쓰지 않는다.

파오에서는 수시로 흉노 하녀들이 양고기 요리, 마동주馬潼酒(말젖을 발효하여 만든 술), 말린 과일 등을 가지고 나와 주인과 손님 앞에 놓으며 가끔씩 술을 따른다.

거비 호주천선우님, 좌현왕이 동 도위를 데리고 나간 지

한참이나 되었는데 아직 돌아오지 않고 있습니다. 먼저 준비가 다 된 공연부터 시작하도록 하지요.

선우 조금만 더 기다립시다. (주근을 돌아본다) 주근 사마, 사마께서 말씀하신 조 승상의 모습이 여기에 알려진 것과는 많이 다른 것 같소.

주근 여기서는 어떻게 알고 있습니까?

선우 조 승상은 체구가 크고 훤칠하며 훌륭한 분이라고 …….

거비 수염이 네 척이나 되고 목소리는 아주 우렁차다고 들었습니다.

주근 (손뼉을 치며 크게 웃는다) 하하하, (거비를 보며) 우현왕! 말씀하신 것과 전혀 다릅니다. 어찌 그리 알고 계십니까?

선우 (거비를 보며) 거비, 우리가 전에 파견한 사신이 직접 봤다고 하지 않았소?

거비 맞습니다. 그 사신들이 돌아와서 한 얘기입니다.

주근 (생각을 하다가 뭔가 깨달은 듯) 아하, 어떻게 된 일인지 이제야 알겠습니다. (잔을 손에 들고 일어서서 서성인다) 몇 년 전에 조 승상께서는 원소袁紹를 물리치고 기주冀州를 다스렸습니다. 그때 흉노에서 사신을 보내 조 승상께 축하드린 적이 있지 않습니까?

거비 예, 맞습니다. 그게 4년 전의 일입니다. 가을이었던
     것으로 기억하고 있습니다.

주근 그렇습니다. 그때 조 승상께서는 흉노에서 보낸 사신
     을 만나려니 자신의 외모가 너무 초라하다며 저의 스
     승이신 청하 최염 선생을 대신 내보내셨습니다. 그리
     고 승상께서는 호위병으로 가장해 칼을 들고 최 선생
     님 옆에 서 계셨죠. (설명을 하면서 동작을 해보인다)

선우 아, 그렇게 된 일이로군. 그래서 한나라에서 돌아온
     사신이 한나라에는 한낱 호위병조차도 모두 영웅호
     걸 같다고 말했던 게로군.

주근 그러니까 이곳에 알려진 조 승상의 모습은 사실 최계
     규崔季珪 선생님의 모습입니다.

거비 조 승상께서는 정말 세세한 부분까지 신경을 쓰시는
     분이시군요.

주근 바로 그렇습니다. 조 승상은 한시도 걱정이 없을 때
     가 없습니다. 너무 신경을 많이 쓰셔서 자주 두통을
     앓으신다고 합니다.

선우 심한가?

주근 아닙니다. 그렇게 심하지는 않지만 자주 증세가 나타
     납니다. 조 승상은 다방면의 재주를 어찌 그리 두루
     두루 갖추셨는지. 혹시 아시는지 모르겠습니다. 조

승상께서는 시, 서화, 바둑, 말타기, 활쏘기, 용병술,
인재 등용에 모두 능하시답니다. 수하에 맹장과 책사
가 구름처럼 모여들지요.

거비 그건 저희도 잘 알고 있습니다. 조 승상 수하에 있는
순욱荀彧,* 순유荀攸,** 곽가郭嘉,*** 종요鍾繇**** 등은 모
두 훌륭한 책사들이라고 들었습니다. 또 장료張遼,*****
허저許褚,****** 하후연夏侯淵,******* 하후돈夏侯惇********
은 혼자서 천 명을 당해내는 용사들이라고 들었습
니다.

주근 바로 그렇습니다. 그들은 모두 훌륭한 인물들로 조

---

* 순욱 : 유비劉備와 여포呂布를 이간질시켜 두 세력을 모두 괴멸시키는 등
  활약하다가 훗날 삼국정립 후 조조가 왕의 자리에 오르려 하자 이를 만
  류하다 투옥된 후 자결한다.
** 순유 : 조조가 위나라 왕에 등극하려 하자 이를 결사적으로 만류하다가
  미움을 받아 죽음을 맞게 된다.
*** 곽가 : 조조가 가장 아꼈던 책사. 조조가 관도官渡대전에서 승리하고 하
  북을 정벌할 때 병을 얻어 급사한다.
**** 종요 : 자는 원상元常. 영천군潁川郡 장사현長社縣 출생. 후한에서 벼슬하여
  상서복야尙書僕射에 올랐으나 조조와 제휴했다. 위나라 건국 후에는 조조
  이후로 3대를 섬겨 중용되었다. 글씨는 팔분八分(예서隸書), 해서楷書, 행
  서行書에 뛰어나 호소胡昭와 더불어 '호비종수胡肥鍾瘦'라 일컫는다.
***** 장료 : 조조가 여포에게서 얻은 장수로 다른 이들의 시기와 미움을 피하
  기 위해 그의 성을 '장'으로 바꾸었다고 한다. 장료는 처음에 정원丁元
  (여포의 첫 양부)을 도우면서 군사 일을 시작하였다. 후에 목숨을 부지하
  기 위해 악명 높은 동탁董卓의 수하로 들어간다.

승상에 대한 충성심도 대단합니다. 뛰어난 인재 등
용술이야말로 조 승상의 가장 큰 능력이라는 것을
아셔야 합니다. 누구든 조 승상 밑에서라면 자신의
능력을 십분 발휘할 수 있게 된답니다. 그래서 모두
가 조 승상을 따르면서도 한편으로는 두려워하기도
합니다.

거비 지나치게 영명하셔서 두려운 겁니까?

주근 예, 정말 너무나 영명하십니다. 날카로운 눈빛을 가
지고 계셔서 그 분 앞에 서면 오장육부까지도 모두
꿰뚫어보실 것 같은 생각이 듭니다. 하지만 비단 이
때문에 조 승상이 두려운 것은 아닙니다.

거비 그럼 대체 무엇 때문입니까?

주근 (자랑스럽게) 과감한 결단력과 공평무사함 때문이지

****** 허저 : 자는 중강仲康. 조조의 신뢰를 받아 전위典韋와 함께 호위군虎衛軍
에 임명됨. 전위, 마초馬超와 같은 명장들과 일대일의 싸움을 벌인다.
그의 용맹함으로 '호치虎痴'라는 별명을 얻었다.

******* 하후연 : 자는 묘재妙才고 시호는 민후愍侯임. 위나라의 맹장으로 개국
공신임. 조조의 젊을 시절부터 생사고락을 같이 해오며 공훈을 세웠
고 타도계를 가장 많이 썼다. 후에 촉의 오호장군인 황충黃忠의 대도에
목을 잃게 된다.

******** 하후돈 : 자는 원양元壤이며 시호는 충후忠侯임. 위나라의 맹장 중의 맹
장. 무예가 매우 뛰어났으며 이름을 천하에 알린 장수이기도 하다. 전
투에서 화살이 눈에 박혔으나 화살을 뽑아내고 세 장수의 목을 베니
모두가 혀를 내둘렀다고 한다. 후에 병에 걸려 죽게 된다.

요. 잘못을 저지르면 절대 용서하시지 않습니다. 그
게 자신의 자녀라 할지라도 결코 봐주시는 일 없이
벌을 내리십니다. 그래서 절대로 조 승상을 노하게
만드는 일은 없어야 한다고 모두들 말하곤 합니다.
호주천선우님은 이 점을 잘 새겨주시기 바랍니다.

거비 주근 사마, 그 점에 대해서는 반드시 주의하겠습니
다. 그래서 이번에 조 승상의 명을 받잡고 이 흉노 땅
에 오셔서 채문희를 데려가시는 일에 선우님과 저는
동의합니다. 하지만 좌현왕은 탐탁지 않아 하더군요.
그는 야심이 많은 사람이라 무슨 소동이나 벌이지 않
을까 걱정입니다.

주근 그를 '모돈冒頓'이라 부르는 데는 무슨 특별한 뜻이
있습니까?

거비 그렇고말고요. 우리 선조 중에 모돈선우란 분이 계셨
는데 한 고조를 물리치고 여후를 욕보인 사람입니다.
그런데 좌현왕은 공공연히 그 분을 본받겠다고 하지
않소!

주근 이거 참 힘들게 되었습니다. 어쩐지 저희가 온 지 며
칠이 지났는데도 채문희가 돌아갈지 여부를 결정하
지 못하는군요.

거비 하지만 우린 이미 준비를 마쳤습니다. 좌현왕이 어떻

　게 나오든 상관없이 우리는 채문희를 억지로라도 돌
　려보낼 생각입니다. 조 승상의 성의를 저버릴 수는
　없습니다.

주근 그럼 됐습니다. 제가 얼마 전에 조용히 경고했습니
　다. 채문희가 돌아가지 않으면 조 승상께서 대군을
　보내실 것이고, 그렇게 되면 뼈도 못 추리게 될 것이
　라고 말해주었습니다!

거비 말씀 한 번 잘하셨습니다. 좌현왕 같은 사람이 바로
　조 승상의 군사력이 얼마나 대단한지를 알아야 합
　니다.

선우 거비, 오늘 말이 너무 많군. 조 승상께서 이번에 후한
　선물을 보내시고 채문희를 데려 가시려는 것은 우리
　남흉노와 화평을 지키시려는 우호의 표시인 것을, 자
　네는 어찌 조 승상의 군사력을 거론하는 것인가? 몇
　십 년간 흉노와 한나라는 전쟁을 벌이다 이제야 한
　가족처럼 사이좋게 지내는데, 이것이 얼마나 큰 의미
　를 가지고 있는지 알고 계시오? 조 승상께서는 흉노
　와 한나라가 한 가족이기 때문에 채문희를 데리고 가
　려는 것이라고 동 도위를 통해 전하지 않았던가? 또
　채문희의 한나라 행을 절대로 강요하지 않을 것이니
　우리가 알아서 결정하라고 벌써 여러 차례 말씀하셨

네. 거비, 생각해보게나. 그런데 자네는 군사력을 운
운하고 있으니 이게 될 말인가?

거비 예, 예, 저는 그저 주근 사마의 말에 동조하다 보니
조금 경솔했습니다.

선우 (주근을 보며) 주근 사마, 우리는 채문희를 돌려보내기
로 결정했소. 이것은 한나라에 대한 우호와 성의의
표시오. 조 승상께서 채문희의 문학적 재능을 높이
보시고 돌아가면 문치성교文治聲敎 사업에 참여시키신
다고 하니 우리로서는 그 뜻에 따르는 것이 당연하
오. 하지만 채문희와 좌현왕이 부부의 연을 맺은 지
12년이나 된데다가 자식들까지 있으니 갑자기 헤어
지기 어려운 것도 인지상정이 아닌가 하오!

주근 예, 예, 지당하신 말씀입니다. 좌현왕의 심정은 저도
충분히 이해가 갑니다.

거비 하지만 좌현왕이 너무 고집을 부리고 있군요. 그는
채문희가 자식 걱정에 결정을 못 내리고 있는 거라고
말하지만 제가 보기에는 좌현왕이 그녀를 괴롭히고
있는 게 분명합니다. 방금 전에 동 도위를 모셔갔는
데, 혹 동 도위에게 나쁜 의도가 있는 건 아닌지 좀
걱정이 됩니다.

선우 좌현왕이 대의를 고려하지 않는다는 말인가?

거비 그럴지도 모르는 일입니다. 좌현왕은 채문희가 자식
들과 헤어지기 아쉬워한다고 말하곤 했는데, 동 도위
를 모셔가서 뭘 어쩌겠다는 건지 모르겠습니다. 사실
저라면, 아예 채문희와 자식들을 모두 한나라로 보내
버리겠습니다.

주근 우현왕, 당신이라면 더 말할 필요도 없지요.

선우 좋소. 주근 사마, 오늘 반드시 출발할 수 있도록 하겠
습니다. 이미 준비는 다 되었습니다. 우현왕 거비가
병사 이백 명을 데리고 당신들을 조 승상이 계신 곳까
지 호송할 것입니다.

주근 정말 세심하게 배려해주시는군요.

선우 그리고 황양黃羊 이백오십 마리와 호마 백 필, 낙타
스무 마리도 함께 보내드리겠습니다. 이 가축들은
가는 길에 운송수단이 될 것이며, 또한 여러분들에
게 식량이 되기도 할 겁니다. 그 중에서도 낙타 스무
마리는 조 승상께 드리는 특별한 선물입니다. 주근
사마, 저의 작은 성의를 승상께 전해주시고 아울러
안부도 전해주시오.

주근 선우님의 호의는 제가 반드시 승상께 아뢸 것입니다.
조 승상께서도 아주 기뻐하시며 우현왕을 크게 환영
하실 겁니다.

거비 (선우를 향해) 시간이 다 된 것 같은데 좌현왕이 아직
도 모습을 보이지 않습니다. 준비한 공연을 시작하도
록 하시지요!

선우 그래, 그만 기다리고 시작하시오.

거비 (무대 위에서 술을 따르고 있는 시녀들에게 지시한다) 너
희들은 가서 공연을 시작하라는 선우님의 명령을 전
해라.

시녀들은 허리 굽혀 인사한 후 병풍 뒤로 퇴장한다. 이때 주
근이 자리에 앉아 술잔을 내려놓는다. 잠시 후 악사와 무녀들
이 등장해 차례로 선우에게 인사한 후, 각자의 자리에 선다.

공연 내용은 적절히 안배한다. 호무胡舞로는 위구르 춤, 각촉
극角觸劇(남자들의 씨름극), 제황무提簧舞, 여자들의 유연한 안
무(북경北京, 광주廣州에 이러한 예능인이 있다. 만약 적당한 예
능인이 없다면 생략할 수 있다) 및 마술, 잡기(그러나, 천여 년
전의 것임을 고려해야 한다)가 있다.

공연이 진행되고 있는 가운데 좌현왕이 병사 둘과 함께 오른
쪽에서 등장해, 왼쪽 자리에 앉는다. 온화하고 점잖은 태도가
제1막과는 전혀 다른 모습이다.

선우와 우현왕, 주근은 좌현왕이 혼자서 돌아오고, 또 아까 와는 전연 다른 모습을 보고 의아해한다.

좌현왕 멈추시오.

공연이 중단된다.

선우 (좌현왕을 향해) 어떻게 된 거요? 동 도위는 어디 있소?

좌현왕 (진중하게) 모든 것이 순조롭게 해결되었습니다.

선우 (놀라며) 뭐라고? 순조롭게 해결되었다니? 당신이 말하는…….

좌현왕 문희는 결심을 했고, 저도 결심했습니다.

선우 나는 동 도위에 대해 묻고 있는 것이오.

좌현왕 지금 막 말씀드리려던 참입니다. 우리 두 사람은 이제부터 생사를 같이 하기로 했습니다. 보십시오. (허리춤에 찬 옥구검을 무릎 위에 가로로 내려놓는다) 그의 옥구검이 이제 제 손 안에 있습니다.

선우, 우현왕과 주근 모두 대경실색하며, 자리에서 일어난다.

선우　(노기를 띠며) 당신, 정말 일을 내고 말았구려.

좌현왕　(의아해 하더니 갑자기 크게 웃는다) 하하, 하하하, 왜
　　　그리 놀라십니까? 동 도위는 금방 해결되었습니다.

선우　(크게 노하며) 여봐라!

　　　좌우 병풍 뒤와 파오에서 병사들이 손에 칼, 도끼, 방패 등을
　　쥐고 등장한다.

선우　좌현왕을 끌어내라!

　　　우현왕과 주근이 일어서서, 허리춤에 차고 있던 검에 손을
　　갖다 댄다. 악사와 무희들은 놀라서 어쩔 줄을 모른다. 그러나
　　좌현왕은 이미 인심을 얻은 터라 병사들이 서로 얼굴만 쳐다보
　　고 움직이려 하지 않는다.

좌현왕　(천천히 일어서며, 더욱 크게 웃는다) 하하하! 모두들
　　　미쳤습니까? 여러분들은 내가 동 도위를 죽였다고
　　　생각하십니까? 하하하! 이거야말로 연극보다 더 재
　　　미있습니다그려. 자 보십시오!

　　　이때 동사가 흉노 복장을 한 채, 경려도를 차고 채문희와 함

께 오른쪽에서 등장한다. 좌현왕은 일어서서 그들을 맞이한다.
한나라 시녀 둘이 그 뒤를 따르는데 한 명은 거문고를 들고, 한
명은 문희를 부축하고 있다. 문희는 한나라 복장으로 갈아입었
으나 여전히 얼굴에 수심이 가득하며 가까스로 참고 있다. 두
시녀는 그 자리가 파할 때까지 문희의 시중을 들고, 모든 사람
들이 이 광경을 보고 놀란 듯 머뭇거린다.

동사 (좌현왕에게) 도대체 어찌 된 일입니까?

좌현왕 동 도위, 이거 참, 매우 재미있소! 여기 계신 분들이
　　내가 당신을 죽인 줄로 오해했소.

동사 당신은 나를 죽인 게 아니라, 오히려 내게 삶의 의미
　　를 더해 주셨소. (선우를 향해) 늦었습니다, 용서해 주
　　십시오.

선우 아니오, 마침 잘 오셨소. 앉으시지요. (동사를 왼쪽에
　　앉힌다)

문희 (선우를 향해 읍한다) 호주천선우님, 오래 기다리시게
　　해서 죄송합니다.

선우 아니오, 우리는 특별히 당신을 기다리고 있었소. 이
　　미 결심했다고 했는데, 한나라로 돌아가는 것이오?

문희 네. 저도, 좌현왕도 이미 결심했습니다. 좌현왕은 제
　　게 한나라로 돌아가서 조 승상의 뜻을 받들고, 저희

아버님의 유업을 이어 《속한서》를 마무리하라고 말
했습니다. 그렇게 하는 것이 제가 흉노에 남아 있는
것보다 더 의미가 있을 것이라고도 했습니다. 그래서
저는 대의에 따라 돌아가기로 결정했습니다.

선우 잘 생각했소. 흉노와 한나라의 화친을 위해 큰 공을
세운 셈이오. 흉노와 한나라는 원래 한 가족입니다.
어린 자식들과 헤어지기 섭섭해 하신다고 들었소.
어미로서 자식들과 떨어지는 건 정말 가슴 아픈 일
이오.

문희 선우님의 배려에 감사드립니다. 지금 제게 가장 큰
고통은 바로 아이들과 헤어져야 한다는 것입니다. 사
실, 이별 때문에 가슴이 찢어지는 듯합니다.

선우 부인, 마음 놓고 돌아가시오. 좌현왕이 아이들을 잘
돌볼 것이고, 우리도 신경 써서 돌봐주겠소. 흉노와
한나라는 이미 한 가족인 만큼 아이들이 여기에 남아
있어도 별 다를 게 없을 것이오. 앞으로 아이들이 크
면, 부인이 있는 곳으로 돌려보내겠소.

문희 고맙습니다, 선우님.

좌현왕 자! 제가 소개해드리겠습니다.

좌현왕은 문희를 주근 앞으로 데리고 간다. 시녀 둘도 따라

가다.

좌현왕　이 분은 한나라의 부사 사마 주근이시오.

주근　(공손한 태도로 읍한다) 저는 둔전사마 주근입니다.
　　　부인께서는 평안하신지요.

문희　(답례하며) 먼 길 오시느라 수고가 많으십니다.

　　　좌현왕과 문희는 몸을 돌려 무대 가운데 서서 모두를 향한다.

선우　모두들 자리에 앉으시지요. 주연과 공연을 다시 시
　　　작하거라.

좌현왕　(말을 가로채며) 주연은 그만두시는 것이 어떻겠습
　　　니까. 시간이 촉박하다고 하지 않으셨습니까? 출발
　　　준비를 하는 게 어떨는지……．

선우　그렇게 하시오. (동사를 향해) 동 도위, 모습이 많이
　　　바뀌셨소!

동사　네. 이것은 좌현왕이 선물한 흉노 복장이고, 저도
　　　좌현왕에게 한나라 복장을 선물로 드렸습니다.

선우　두 사람은 그새 좋은 친구 사이가 되셨구려.

동사　좋은 친구일 뿐 아니라 저희는 친척입니다. 채문희
　　　는 저의 사촌누이로, 저희는 외사촌지간입니다. 좌

현왕은 전혀 모르고 계셨던 사실이죠.

좌현왕 그렇다니까요! 친척이고, 게다가 좋은 친구이기까지 하니 더할 나위 없죠. 서로 솔직하게 마음을 털어놓아야 합니다. 저는 오늘 반나절 동안 많은 것을 배웠습니다.

선우 맞소. 선입견을 가지고 있으면 쉽게 오해가 생기죠. 좌현왕, 방금 부인과 좌현왕은 결심이 섰으니, 출발 준비를 해도 괜찮겠소?

좌현왕 물론입니다. 문희는 여러분께 작별인사를 하려고 온 것입니다. 그러나 청이 하나 있습니다.

선우 무슨 청이오?

좌현왕 동 도위 일행이 먼 길을 돌아가야 하니, 안전을 생각해서 선우께서 군사를 보내 호송하심이 어떻겠습니까.

선 우 걱정 마시오. 이미 우현왕 거비에게 기병 이백을 이끌고 조 승상이 계신 곳까지 호송하도록 분부해 두었소.

좌현왕 정말, 빈틈이 없으십니다.

선우 (동사에게) 동 도위, 조 승상께서 보내주신 황금 천 냥과 백옥 열 쌍, 비단 백 필은 너무 큰 선물이라 받기가 좀 부끄러웠소. 우리로서는 보답할 만한 게 없지만 황양 이백오십 마리, 호마 백 필, 낙타 스무 마리를 준비해 두었으니, 가시는 길에 운송수단과 양식으로 쓰시기 바라오. 특히 낙타 스무 마리는 특별히 조 승상께 바치는 것이니, 작은 성의나마 전해주시고 대신 안부를 전해주시오.

동사 고맙습니다. 호주천선우님, 한나라와 흉노가 영원히 화친하는 것이야말로 조 승상께서 바라시는 바이며, 또한 우리 모두의 소원이 아니겠습니까?

선우 우리 흉노 사람들은 하夏 우왕禹王의 후손이라고 들었습니다. 그러니 흉노와 한나라는 형제가 아니겠습니까.

동사 오호, 그렇지요.

좌현왕 (말을 받아) 좋습니다. 앞으로 형제들끼리 다시는 싸워서는 안 됩니다!

일동 그럼요! 좌현왕 말이 맞습니다!

좌현왕 (우현왕을 돌아보며) 짐은 다 꾸렸습니까?

거비 짐은 이미 다 꾸렸고 좌현왕이 결정 내리기만을 삼일 내내 기다렸습니다.

좌현왕 (동사를 돌아보며) 동 도위, 지금 바로 출발하는 것이 어떻겠소?

동사 문희 누님께 물어보십시오, 또 무슨 분부는 없으신지 말입니다.

좌현왕　(문희를 돌아보며) 부인, 마음 놓고 돌아가시오. 또
　　　　다른 부탁이 있소?

문희　　(무겁게 그러나 침착하게) 마음이 찢어질 듯 아플 뿐,
　　　　다른 할 말은 없습니다. 작별인사를 올리겠습니
　　　　다. (좌현왕에게 경의의 예를 갖추고) 옥체 보존하시
　　　　옵소서.

좌현왕　(답례하며, 감개하여) 가는 도중 몸 조심하시오!

문희　　(선우에게 경의의 예를 갖추고) 옥체 보존하시옵소서.

선우　　(답례하며) 왕비도 평안히 돌아가시길 바라오!

문희　　(무대의 모든 사람들에게 경의의 예를 갖추고) 모두들
　　　　건강하세요!

일동　　(한 목소리로) 부인 가시는 길에 평안하시길 바랍니다.

　　모두 숙연해진다. 혹은 무릎을 꿇어 예를 하고, 혹은 경의의
예를 갖추고, 혹은 허리를 굽히고 읍한다. 감동한 나머지 우는
사람도 있다.

　　시녀 둘이 문희를 부축해 천천히 왼쪽으로 걸어간다.

　　무대 뒤에서 반주에 맞춰 합창한다.

자식 근심에 해도 빛을 잃었구나.

어찌 날개를 얻어 너에게 돌아갈 수 있을까?

한 발짝마다 더 멀어지니, 발길을 옮기기가 어렵구나.

혼은 사라지고 그림자가 끊어짐이여, 은혜와 사랑만 남기나니,

애간장이 끊어지는 이 마음을 누가 헤아릴 것인가.

—막이 서서히 내린다

제

3

막

＊◂◦▸◉◂◦▸＊

장안 교외, 채옹의 무덤가.

묘비명은 '좌중랑장채옹지묘左中郞將蔡邕之墓'이다. 무덤 앞
에는 석인石人, 석마石馬가 각각 한 쌍씩 있다. 무덤 근처의 정
자에는 돌탁자, 돌의자 등이 있다. 배경이 되는 숲 저 멀리로 무
릉茂陵, 위청衛靑·곽거병霍去病의 묘 등 한대 능묘가 보인다.
하늘에는 초승달이 걸려 있고 뭇 별들이 반짝인다. 무대 한 편
에 천막이 두세 개 세워져 있는 것으로 보아, 문희 일행이 성묘
하고 무덤 근처에서 노숙하고 있음을 알 수 있다.

시간은 벌써 자정이고 온 천지는 적막에 잠겨 있다.

문희가 겉옷을 걸치고 홀로 천막에서 걸어 나온다. 먼 길을
온데다가 자식들에 대한 그리움이 사무쳐 얼굴이 더 초췌해졌

다. 묘대墓臺 앞을 배회하다가 하늘을 쳐다보며 한숨을 쉬기도 하고 옷소매로 얼굴을 가리고 흐느껴 울기도 한다. 《호가시》제 17박의 가사가 그녀의 마음속에서 맴돈다.

무대 뒤에서 반주와 함께 합창이 들려온다.―

떠날 때는 가슴에 조국을 묻고 텅 빈 마음뿐이더니,
돌아올 때는 자식을 두고 오니 그리움은 한이 없구나.
변방에 자란 노란 쑥은 가지와 잎이 바싹 말라버렸고,
전쟁터의 유골에는 칼과 화살의 흔적이 남아 있네.
바람서리가 매섭게 몰아쳐 봄과 여름도 추우니,
사람과 말이 굶주려 뼈와 살이 야위었구나.
어찌 다시 장안에 돌아올 수 있을 줄 알았으랴?
절망하여 탄식하며 하염없이 눈물만 흘리네.

문희 (무덤 앞으로 가서 무릎을 꿇고 독백) 아버지, 모두 잠든
   이 시각에 저는 또 아버지를 뵈러 왔습니다. 아버지
   께서는 저를 꾸짖으시겠죠? 조 승상께서 고심 끝에
   많은 재물을 주고 저를 속해주셨으니 마땅히 기뻐해
   야 할 일인데 저는 전혀 기쁘지 않습니다. 저는 자나
   깨나 남흉노에 두고 온 애들이 보고 싶습니다. 넷째

이모가 저 대신 애들을 잘 돌보고 계시겠지만 한시도
애들을 잊어본 적이 없습니다. (일어난다) 애들을 떠난
지 벌써 한 달이 다 되어 가지만 거의 매일 밤잠을 설
치고 있습니다. 꿈에서라도 애들을 보고 싶지만 애들
이 꿈에 나타나지 않는군요. 아버지, 말씀해보세요.
제가 억지로 애들을 떼놓았으니 애들이 얼마나 서럽
겠어요. 더군다나 딸애는 6개월밖에 안 됐어요. 어미
도 자식이 이렇게 그리운데 그 어린 것이 날마다 울
고 있지는 않은지……. 아, 어린애 목소리만 들으면
제 애들의 소리 같아요. 다른 사람의 애들을 우연히
보면 두고 온 자식들의 모습이 눈에 선합니다. 하지
만 한 달이 다 지나도록 꿈에서조차도 한 번 볼 수가
없군요. (묘비를 쓰다듬으며 묻는다) 아, 아버님, 애들이
설마 병이 나지는 않았겠죠? 무슨 사고라도 생긴 것
은 아니겠죠? 혹시라도, 정말 생각하는 것만으로도
너무 두려운데 이런 생각들이 머리를 떠나지 않습니
다. 저는 언제 어디서나 애들 생각뿐입니다. 밥도 먹
고 싶지 않고 잠도 잘 수가 없습니다. 제가 이 꼴로
도대체 무엇을 할 수 있단 말입니까? 아, 저는 조 승
상의 기대를 저버렸고 아버지의 기대도 저버렸습니
다. 아버지! (무릎을 꿇고) 조 승상은 저더러 반소처럼

아버지의 유업을 계승하여 《속한서》를 저술하라 합니다. 하지만 저는 이미 폐인이 되었습니다. 제가 무슨 재주로 반소처럼 할 수 있겠습니까? 제가 무슨 능력이 있어 《속한서》를 저술할 수 있겠습니까? 아, 아버지, 저를 좀 꾸짖어주세요! 저 좀 꾸짖어주세요! 제가 왜 꼭 돌아왔어야만 했습니까? 제가 왜 꼭 돌아왔어야만 했습니까?

너무 지친 나머지 무덤 앞에 쓰러져 정신을 잃는다.

무대가 암전 후 점점 환해진다. 베일 뒤에 여러 가지 광경이 나타난다.

적막한 산천이 보이고 길에는 유골들이 나뒹굴며, 옷차림이 남루한 사람들이 피난을 가고 그 뒤를 흉노 병사들이 쫓고 있다. 먼지가 흩날린다. 이 당시 채문희는 열여덟 살로 소복 차림이다(전 남편인 위중도衛仲道가 세상을 뜬 지 얼마 되지 않아 아직 상중이다). 초미금 하나를 메고 조사랑과 함께 피난가다가 흉노 병사에게 잡혀 채찍질을 당한다. 이때 아직 미혼인 좌현왕을 만난다. 흉노 병사들이 놀라 일제히 "좌현왕이 오셨다! 좌현왕이 오셨다!"라고 외치며 맹수를 만난 새들 마냥 뿔뿔이 흩어진다. 좌현왕은 문희와 조사랑에게 예의바르게 대한다.

좌현왕 (조사랑과 채문희에게 묻는다) 뭣 하는 사람들이오?

조사랑 저는 성이 조가며, 조사랑이라고 합니다. (문희를 가리키며) 얘는 저의 외조카 채문희입니다. 저희는 모두 여기 진류군 주민들이고요.

좌현왕 보아하니 대가 댁 아녀자들 같은데?

조사랑 (문희를 가리킨다) 제 외조카는 유명한 채옹 채백개 선생님의 여식입니다…….

좌현왕 아, 어쩐지! 이 낭자한테서 비범한 기품을 느꼈습니다. 우리 흉노 사람들도 채백개 선생님을 압니다. 그 분께서는 한나라의 대학자이신데 불행하게도 장안에서 사도司徒 왕윤王允에게 죽임을 당하셨죠. 낭자가 그 분의 따님이라고요? 그렇군요! 두 분은 어쩌다 이런 처지가 되었습니까?

조사랑 저희 일가는 모두 몰살을 당하고 재물도 모두 **빼앗**겼습니다. 저는 혼자 살아남았고 저의 외조카도 혼자 남게 되었습니다.

좌현왕 어디로 갈 계획입니까?

문희 (조사랑에게) 우리는 강남으로 갈 계획이라고 말씀 드리세요.

조사랑 네, 저의 외조카가 장강 이남으로 갈 거라고 하는
군요.

좌현왕 장강 이남이요? 아주 멀 텐데요?

조사랑 네, 아주 멉니다.

좌현왕 장강 이남 지역은 겨울에 눈이 내리지 않고 여름에
는 불가마처럼 덥다고 들었는데, 그런 곳에서 어떻
게 삽니까?

조사랑 그다지 덥지 않은 곳도 있습니다.

좌현왕 그래도 너무 먼데 어떻게 가시려고 합니까?

조사랑 저희 둘이 가면서 구걸도 하고 노래도 불러 돈을
좀 벌면 생계는 유지할 수 있을 거라고 생각합니
다. 제 외조카는 초미금도 잘 타고 노래도 잘 부른
답니다.

좌현왕 생각은 그럴 듯하지만 아직 진류도 못 벗어났고, 오
늘 저를 만나지 않았더라면 어찌 될 뻔하였습니까?

조사랑 대왕님, 고맙습니다.

좌현왕 천만의 말씀입니다. 나도 오늘 우연히 두 분을 만
났을 뿐입니다. 요즘 한나라의 정세는 정말 말이
아닙니다. 외척과 환관들, 거기에 이들과 별개로
강력한 대부호들까지 권력 다툼에만 눈이 멀어서
백성들의 목숨을 파리 목숨같이 여기죠. 전에는 논

밭과 재산, 관직, 백성들의 자식을 뺏어가더니 이
제는 황제자리까지 넘보는군요. 도처에서 사람을
죽이고 불을 지릅니다. 그들이 지나간 자리에는 온
통 주검뿐이며 모두 타버려 아무것도 남아있지 않
습니다. 두 분이 날개가 있어 장강 이남까지 날아
간다고 해도 그곳에서 또 어떻게 사시겠습니까? 어
디 가나 사정은 비슷하지 않겠습니까? 어디 가나
권력 다툼과 살인, 방화가 있을 터인데 대체 어디
로 피난을 가신다는 말씀입니까?

문희 넷째 이모, 정말 살 길이 없다면 황하에 빠져 죽겠
다고 말씀드리세요.

조사랑 그렇지. 정말 살 길이 없다면 황하에 뛰어들겠답
니다.

좌현왕 그것 참 손쉬운 방법입니다만 설마 두 분이서 그렇
게 쉽게 목숨을 버리지는 않겠죠? 생명은 소중하지
않습니까!

문희 이모, 인생에는 생명보다 더 귀한 것이 있다고 말씀
드리세요.

조사랑 그렇고말고. 인생에 생명보다 더 귀한 것이 있답
니다.

좌현왕 두 분 뜻은 잘 알겠습니다. 흉노 사람들 중에도 좋

은 사람이 있습니다. 그들도 목숨을 초개같이 여기고 의를 중하게 여기죠. (잠깐 주저하더니) 이렇게 어지러운 시대에 차라리 저와 함께 흉노에 갑시다.

조사랑 (깜짝 놀라며) 흉노에 가자고요?

좌현왕 네. 나는 곧 흉노로 돌아갑니다. 제가 흉노에 돌아가면 두 분을 보호할 수 있습니다. 흉노도 좋은 곳이죠. 소와 양떼들이 들에 가득하고 낙타들도 떼를 지어 다닙니다. 여름에는 초원이 온통 푸른색으로 물들고, 겨울에는 온 천지가 눈이라 은세계를 방불케 합니다. 그곳에 가시면 원하는 것을 다 드리겠습니다. 이곳 사람들은 저를 잘 모르지만 흉노에는 저를 모르는 사람이 없습니다. 흉노에서는 황제를 선우라 부르며, 바로 그 아래 서열이 좌현왕입니다. 흉노에서 저의 지위는 한나라에서 말하는 '일인지하, 만인지상'의 지위와 똑같습니다. 때문에 흉노에 가면 제가 두 분을 보호하는 것은 문제없습니다. (또 잠깐 머뭇거리다가) 솔직히 말해서 저는 이 낭자가 아주 마음에 듭니다. (채문희를 가리킨다) 흉노에도 여자들이 많고 저 또한 수많은 여자들을 보아왔지만 무슨 영문인지 오늘 이 낭자를 처음 보는 순간 선녀를 만난 듯한 느낌이 들었습니다. 흉노인

들은 솔직한 성격이라 생각하는 바를 그대로 표현
합니다. 이 낭자도 저를 좋아한다면 더 바랄 나위
없겠죠. 비슷한 예로 전대에는 왕소군이 있지 않습
니까?

조사랑 (너무 뜻밖이라, 고개를 돌려 문희를 본다)…….

문희 (침착하게) 이모, 흉노로 돌아갈 때 장안을 거치는지
한번 여쭤봐 주세요.

좌현왕 (조사랑이 입을 열기도 전에) 장안을 거쳐 갑니다. 장
안을 거쳐 서북 방향으로 갑니다.

문희 (조사랑에게) 문득 장안에 있는 아버지의 무덤에 가
서 성묘하고 싶은 생각이 드는군요.

조사랑 그러면 좌현왕더러 우리를 안전하게 장안에까지
데려다 달라고 하자.

문희가 고개를 끄덕인다.

조사랑 (좌현왕에게) 저희를 장안에 데려다 줄 수 있나요?

좌현왕 네, 물론이죠. 제가 두 분이 오래도록 함께 지낼 수 있
도록 보호해 드리죠. 두 분은 말을 탈 줄 아십니까?

조사랑 온순한 말은 탈 수 있습니다.

좌현왕 그럼 잘 됐습니다. (흉노 병사를 돌아보며) 좋은 말 두

필을 끌고 오너라!

흉노 병사가 퇴장하고 말 울음소리가 들린다.

무대가 암전 후 다시 환해진다. 저 멀리 만리장성이 보이고 황량한 초원이 나타난다. 문희와 조사랑은 초원에서 힘들게 걸어간다. 조사랑은 호녀를 업고 문희는 손에 봇짐을 들고 만리장성의 한 관문을 향해 걸어간다. 말발굽소리가 들리자 문희와 조사랑은 깜짝 놀란다. 조사랑은 연로한데다가 호녀를 업고 있어 몸의 중심을 잃고 넘어져 발목을 다친다. 문희는 먼저 호녀를 받아 안고 땅에 내려놓는다. 조사랑을 부축해 일으키려 하지만 조사랑은 일어서지 못한다. 호녀는 울음을 터뜨린다. 말발굽소리가 멈추고 "엄마"라는 소리가 몇 번 들리더니 호아 이도지아사가 뛰어 들어온다.

호아 어머니, 어머니, 어머니, 어머니는 돌아가시면서 왜 저는 안 데려가십니까? (어머니를 와락 끌어안는다)

문희 (호아를 쓰다듬으며) 아, 이도지아사야, 너 어떻게 따라 왔니? 아버지는?

호아 아버지가 어디 가셨는지 모르겠어요. 토끼 사냥하러 갔다 와보니 어머니와 이모할머니는 집에 안 계시고 소희도 안 보였어요. 이리저리 찾아다니다가 곰곰이 생각해보니 한나라로 돌아가신 것 같았어요. 그래서 말을 타고 쫓아왔는데 다행히도 따라왔네요. 어머니, 왜 저에게 아무 말씀 안 하시고 그냥 떠나셨어요?

문희 아버지가 눈치채실까봐 그랬단다. 아버지는 너를 절대 안 보낼 테니까. 이렇게 왔으니까 다행이다. 이모 할머니께서 발을 삐셨어. 얼른 네 말을 끌고 와서 할머니더러 타시라고 해라.

갑자기 천둥이 치고 번개가 번쩍이더니 비가 억수로 퍼붓는다. 문희는 땅에 내려놨던 딸애를 안고 자신의 머리를 숙여 비를 막아준다. 호아는 자신의 몸으로 조사랑에게 비를 막아준다. 네 사람은 매우 힘들어한다.

문희가 갑자기 고개를 들어 이리저리 둘러보더니 큰소리로 울부짖는다. "하늘이여, 너무 무심하십니다. 천지신명이여, 정말 계시나이까? 왜 저희를 이렇게 못살게 굽니까?!" 큰소리로 몇 번 반복해서 외친다.

호아는 조사랑을 돌보며 한편으로는 어머니가 걱정이 되어 정신이 없다. 조사랑이 갑자기 호아에게 의연하게 말한다. "이

도지아사야, 얼른 가서 어머니를 부축해라!" 호아는 문희한테
뛰어가 부축한다. 호녀는 마구 운다.

　무대가 점점 어두워지며 누군가 "마님"하고 부르는 소리가
몇 번 들린다.

　다시 밝아지며 문희는 여전히 무덤 앞에 쓰러져 있다. 시금
은 그녀를 부축해 앉힌다.

　시서는 천막에서 생강 끓인 물을 한 대접 들고 나와 문희에
게 다가간다.

시서 마님, 생강차 좀 드셔요. 정신이 좀 드실 겁니다.
문희 (시서의 손에서 잔을 받아 마신다) 고맙구나. (회상하는
　　　듯) 아, 여기에 쓰러져 잠시 잠이 들었어. 이상한 꿈들
　　　을 많이 꾸었지.
시금 무슨 꿈을 꾸셨는데요?
문희 꿈속에서 이모님과 내 아이들을 보았어. 우리 넷이서
　　　도망을 치는데 초원에서 큰 비와 천둥번개를 만났어.
　　　어찌할 바를 몰라 하고 있을 때에 깨어났지. 아, 아무
　　　리 힘들어도 차라리 꿈에서 깨어나지 않는 편이 더

나을 뻔했어.

시서 마님, 너무 슬퍼하지 마십시오. 이러시다가 몸 상하
십니다. 천막으로 들어가시지요.

문희 고맙지만 천막 안은 너무 답답해. 그러니 그냥 여기
에 있겠어. 좀더 밝고 탁 트인 곳이어야겠는데, 나 좀
저기 정자 위까지 부축해주게나.

하녀 두 명은 문희를 일으켜 천천히 정자로 걸어간다.

이때 문희 머릿속에 《호가시》 제14박이 맴돈다.

무대 뒤에서 합창을 한다. 음악 반주가 있다.—

내 몸은 고향으로 돌아가나 자식들은 함께 오지 못하니,
걱정하는 마음이 간절하여라.
세상 만물은 모두 성쇠가 있으나,
나의 근심만은 떠날 줄을 모르는구나.

산이 높고 땅이 넓어 후일을 어찌 기약하리.
깊은 밤 꿈속에서 너희들을 만나네.
꿈속에서 잡은 손 희비가 교차하고,

깨어나니 아픈 마음은 끝이 없어라.

문희 (부축을 받아 정자에 오른다. 달을 정면으로 바라볼 수 있
　　　는 돌의자를 골라서 앉는다. 시금과 시서를 보며) 너희들
　　　은 가서 자거라. 혼자서 좀 쉬고 싶구나.

시서 저는 많이 잤습니다. 시금 언니나 가서 좀 주무셔요.
　　　제가 여기 마님 곁에 있겠어요.

시금 저도 아까 언뜻 잠들었는데 푹 잤습니다. 지금은 졸
　　　리지 않아요.

문희 너희들 모두 가서 자거라. 아직도 한밤중이야. 게다
　　　가 내일 아침 일찍 화음華陰으로 떠나야 하잖니?

시금 부인께서 가서 주무신다면 저희가 모시고 가겠습니
　　　다. 하지만 주무시지 않는다면 저희도 여기에 남아
　　　함께 있겠습니다.

문희 너희들 정말 안 갈 게냐?

시서 예, 가지 않을 것입니다.

문희 (시금을 보고) 그럼, 가서 초미금을 좀 가지고 오너라.

시서 시금 언니, 가는 길에 이 잔 좀 갖다 놓으세요. (손에
　　　들고 있던 생강차 잔을 시금에게 건넨다)

시금은 잔을 들고 정자를 내려가 천막으로 들어간 후 초미금

을 안고 다시 나온다. 정자 위로 올라와 초미금을 문희 앞에 있
는 돌탁자에 내려놓는다.

문희 (초미금 줄을 고른다. 연주를 하며 노래를 한다)

　　나는 여기에 너희들은 거기에,

　　동쪽의 해, 서쪽의 달 서로 바라만 볼 뿐,

　　만날 수가 없는 단장의 아픔이여.

　　원추리꽃*을 대하니 더욱 잊을 수 없고,

　　거문고 타는 소리 어찌 가슴 아프지 않으리?

　　이제 자식과 헤어져 고향으로 돌아가니,

　　묵은 근심이 사라지고 새로운 근심이 생겼네.

　　피눈물을 흘리며 고개를 들어 하늘에 묻노니

　　어찌하여 저를 세상에 낳아 홀로 이런 재앙을 당하게

　　하나이까!

　　흉노와 한은 풍습이 다르도다!

　　하늘과 땅이 모자를 동서로 갈라놓는구나.

　　나의 이 가슴에 맺힌 한 저 하늘에 넘쳐나니,

---

* 원추리꽃 : 시름을 잊게 해준다는 중국의 고사로 인하여 훤초萱草, 또는 망
우초忘憂草라고도 부른다. 봄철에 어린 순을 나물로 먹는다. 훤당은 남의 어
머니를 높여 부르는 말로서 원추리의 품성을 나타낸다.

천하가 아무리 넓다 한들 내 슬픔을 다 담을까?

연주와 노래를 하고 있는 도중, 동사가 또 다른 천막에서 걸어 나와 달빛 아래를 서성이며 노랫소리에 귀 기울인다. 문희의 연주와 노래가 끝나기를 기다렸다가 정자를 향해 걸어간다.

동사 문희 누님, 이런 야심한 밤에 여기서 거문고를 타고 계십니까?

문희 잠이 오지 않아서. 내가 아무래도 자네 잠을 깨운 것 같네.

동사 아닙니다. 다른 사람이 깨워서 일어났습니다. 모두 누님이 몸이라도 상하시면 어쩌나 걱정하고 있습니다.

시서가 문희를 부축하여 정자를 내려오고, 시금은 초미금을 안고 뒤따른다.

문희 고맙네. 나도 이러면 안 된다는 것을 잘 알지만 내 자신을 어떻게 할 수가 없어.

동사 누님, 방금 연주와 노래는 정말 훌륭했습니다. 누님이 연주하신 곡조에는 우주만물이 들어 있고 노래 가사는 사람의 영혼을 울립니다. 누님은 온 심혈과 생명을 쏟아 연주를 하고 노래를 부르셨습니다.

문희 공윤, 그렇게 들렸나?

동사 예, 누님. 감상자의 입장에서 이런 곡조와 가사는 많으면 많을수록 좋지요. 하지만 곡을 만드는 입장에서 생각한다면 이렇게 누님처럼 온 몸과 마음이 슬픔에 빠져 있다면 아마 오래 견디지 못할 겁니다.

문희 공윤, 나도 잘 아네. 하지만 어쩔 수가 없네.

시금 동 도위님, 방금 부인께서 묘대 앞에서 잠시 기절하셨습니다.

동사 아, 그러냐? 누님께서 병이라도 나시면 제가 무슨 낯으로 조 승상과 백개 선생님을 뵐 수 있겠습니까?

문희 모두 내 잘못이네.

동사 그런 말씀 마시고 마음을 좀 편하게 가지세요.

문희 나도 그러고 싶네. 하지만 남겨두고 온 두 아이들을 한시도 잊을 수가 없다네.

동사 조카들은 넷째 이모가 봐주시니 아무 일 없을 겁니다. 걱정 마십시오. 좀 즐거운 일들을 생각하셔요. 누님이 흉노에서 12년을 사시다가 이제야 다시 고향으로 돌아갈 수 있게 되었으니 이 얼마나 기쁜 일입니까?

문희가 고개를 끄덕인다.

동사 12년 전 고향을 떠나실 때와 지금을 비교해보면 어떻습니까? 조 승상께서 나라를 잘 다스리셔서 '천 리에 닭 울음소리조차 들리지 않는' 황량했던 세상이 점점 흥성해지고 백성들도 평안히 살면서 즐겁게 일하니, 이 어찌 기쁜 일이 아니겠습니까?

문희 그래, 우리는 조 승상께 감사드려야해.

동사 누님, 생각해 보십시오. 예전에 변방에서는 해마다 오랑캐의 침입이 끊이지 않았습니다. 하지만 지금은 모두 평화롭게 지내고 있지 않습니까? 남흉노에서 돌아오는 길에 우리는 가는 곳마다 환영을 받았으며 아무런 문제도 발생하지 않았습니다. 이 어찌 사소한 일이라 할 수 있겠습니까?

문희 그래, 아주 대단한 성과지. 그건 나도 직접 느낄 수 있었던 거야.

동사 그런데도 왜 이런 대국적인 견지에서 생각하지 못하시고 오직 개인적인 사사로운 감정에 사로잡혀 있는 건가요? 누님, 온 천하의 아픔을 누님의 아픔으로 보듬으시고, 온 천하의 기쁨을 누님의 기쁨으로 삼으셔야죠. 그럼 누님의 마음도 좀 편해지실 겁니다. '말 옆에는 남자의 머리를 달고, 말 뒤에는 부녀자를 태웠던' 전쟁시대가 지금은 '표주박에 음식을 담아 왕의 군대를 맞이하는' 시대로 바뀌었습니다. 누님은 매우 예민하시니 오는 길에 분명 느끼셨을 겁니다.

문희 나도 느꼈네. 다만 내 아픔이 너무 커서 돌아볼 여유가 없었을 뿐이야.

동사 누님의 처지는 이해합니다. 사실대로 말씀드리면 저는 어려서부터 누님을 존경해왔습니다. 누님의 박학다식함은 반소에 비할 바가 아니시죠.

문희 날 너무 과대평가하지 마시게.

동사 (잠시 머뭇거린다) 그럼 이제 제 진심을 털어놓을까 합니다. 솔직히 저는 누님에게 좀 실망했습니다. 개인의 일이 큽니까, 아니면 천하의 일이 큽니까? 몇 년 전 많은 사람들이 집을 잃고 고향을 떠나 가족들은 뿔뿔이 흩어졌을 때 누님은 그들의 아픔은 헤아려보지도 않으셨습니다. 도리어 지금 누님은 오직 자신의 아픔에만 갇혀 평안무사히 지내고 있는 아이들 걱정만 하시고 있군요. 어찌 이렇듯 마음이 좁을 수가 있습니까?

문희 (깨달은 듯) 아, 공윤, 고맙네.

동사 누님이시니까 제가 솔직히 말씀을 드리는 것입니다. 오는 길에 사실 몇 번이고 말씀을 드리고 싶었지만 누님이 상처받을까봐 참고 있었습니다. 그러나 오늘은 그냥 넘어갈 수 없어서 저도 용기를 내어 말씀드렸습니다. 이 말씀을 안 드린다면 물 속에 빠진 사람을 보고도 구해 줄 생각은 않고 수수방관만 하고 있는 것 같아서 결국 말씀을 드렸습니다. 누님이 언제나 그렇게 슬픔에 빠져 헤어나지 못하면 자신을 망가뜨리게 될 뿐입니다. 누님이 그렇게 자포자기하는 것은 자신에게도 그리고 백개 선생님과 조 승상께도 부끄러운 일이라는 것을 아셔야 합니다. 제 말이 귀에 거슬리고 거북스럽겠지만 그래도 곰곰이 잘 생각해 보십시오.

문희 (그의 말을 귀 기울여 듣던 중 점점 얼굴에 수심이 걷히고 웃음을 짓는다. 정신을 가다듬고) 공윤, 옳은 말이네. 자네 말이 나에게 기사회생의 약이 되어준 것 같아. 정말 고맙네. 자네가 두 번씩이나 나를 구했네. 공윤, 자네에게 맹세하지. 앞으로는 꼭 자네 말을 따를 것이며 아픈 기억들은 잊도록 노력하겠네.

동사 좋아요, 누님. 누님이 화내지 않으시고 슬퍼하지 않는 것만으로도 전 더없이 기쁩니다. 얘기가 너무 길어졌습니다. 이제 들어가서 좀 쉬세요. 내일도 갈 길이 바쁘니까요.

문희 응, 그렇게 할께. 자네도 들어가서 좀 쉬게나. (굳센 모

습으로 천막으로 들어간다)

시서, 시금이 뒤를 따른다.

동사는 서서 들어가는 것을 지켜본다.

문희 (천막 앞까지 걸어가서 발걸음을 멈추고 동사를 돌아본다)
　　공윤, 자네도 들어가서 쉬게. 그럼 내일 보지.
동사 (손을 모아) 내일 뵙겠습니다.

문희가 천막 안으로 들어가고 시서와 시금도 따라 들어간다.

—막이 서서히 내린다

제

4

막

제1장

업하의 조 승상의 서재. 밤.

거문고, 바둑, 활과 화살, 서적 문물이 적절히 배치되어 있지만 소박하면서도 장중하다. 조조는 근검절약하고 사치를 싫어하며 서민적이다. 다재다능하며 해학을 좋아하고 풍류가 있으며, 형식에 구애받지 않는다. 그러나 위엄이 있어 사람들은 모두 그를 경외하고 쉽게 범접하지 못한다. 그 당시에는 바닥에 앉는 생활을 했기 때문에 바닥에는 양탄자가 깔려 있고 자리마다 방석이나 부들방석*이 깔려 있다. 책상은 낮아야 하지만 조조가 사용하는 책상은 좀 커야 한다. 책상 위에는 문서, 붓, 벼루 등이 놓여져 있다. 벼루는 와연瓦硯으로 장방형의 기다란 키와 비슷한 형태이며 발이 네 개 달렸다. 조조는 글씨를 잘 쓰는데, 책상 위에 유약을 바른 도기 붓통을 두고(당시에는 자기가 없었으므로 자기를 사용해서는 안 된다), 두루마리 종이와 족자 등을 꽂아 놓아도 무방하다.

조조는 등불 아래서 책을 보며, "멋진 시로다", "멋진 시로다"라고 감탄을 연발하며 칭찬한다. 그의 부인 변씨는 옆에 앉아서 이불을 꿰매고 있다. 조조의 이불은 덮은 지 이미 10년이 지나 해마다 뜯어 빨고 시친다.

변씨 이 이불은 오래 덮기도 했어요. 아마 10년쯤 됐을 걸요. 꿰매고 깁고, 벌써 기운 자리도 몇 군데나 되네요.

조조 기운 자리야 많을수록 좋소. 겨울에는 두꺼워서 따뜻하고, 여름에는 솜만 빼면 홑이불이 되니 딱 제격이지 않소.

변씨 (웃으며) 말씀도 참 잘 하시네요.

---

* 부들방석 : 부들이라는 여러 해 살이 풀을 엮어서 만든 일종의 깔자리, 즉 방석을 가리키는 말이다. 여러 가지 형태가 있으며 옛날부터 부들 줄기를 갈라 짠 돗자리는 최고급으로 쳤다. 잎도 말려서 자리를 짜거나 발, 멍석을 만들었다. 또 방석, 소쿠리 등을 짜면 오래도록 쓸 수 있고 보푸라기가 생기지 않아 감촉도 좋다. 전한 시대에 씌어진《예기禮記》에는 부들 자리가 왕실에서도 쓰였다는 것을 말해 준다. "왕이 목욕할 때는 두 가지 수건을 쓰는데 상체는 부드러운 갈포 수건으로 닦고 아래는 거친 수건을 쓴다. 욕탕에서 나와 부들 돗자리에 서서 몸을 말린다"라고 목욕할 때의 예절을 자세히 기록해 두었다.

조조 세상의 많은 사람들이 이불도 없이 사는데, 이불이
    있다는 것만으로도 큰 행복이오. (책상을 치며 훌륭하
    다고 절찬한다) 아, 멋진 시로다! 멋진 시로다! (계속해
    서 낭독하며, 손으로 책상을 친다)
    하늘에는 눈이 있다고 하는데 어찌 내가 홀로 표류함
    을 못 보시나이까?
    신이 영혼을 가졌다고 하는데 어찌 나를 하늘 남쪽
    끝과 바다 북쪽 끝에 두시나이까?
    내가 하늘을 저버리지 않았는데 어찌 하늘이 나에게
    이러한 짝을 주셨나이까?
    내가 신을 저버리지 않았는데 어찌 신이 나를 이 황
    량한 곳에서 죽이려 하나이까?
    이 당당한 기백! 대담하게 읊었구나!

변씨 지금 읽고 계신 게 누구의 시인가요?

조조 채문희의 《호가십팔박》이오. 동사가 며칠 전에 장안
    에서 이 시를 보내왔소.

변씨 네에? 채문희가 벌써 장안에 도착했다고요?

조조 진즉에 도착했소. 아마 하루 이틀이면 곧 이곳으로
    올 것이오.

변씨 성대하게 환영해야겠습니다. 참으로 가련하기도 하
    지. 남흉노에서 꼬박 십이 년을 있었다면서요! 올해

나이가 어떻게 되지요?

조조 아마 서른 한둘 쯤 됐을 거요. 문희의 아버지가 유형에 처해졌을 때 북쪽 지방에서 태어났으니, 그때가 아마 광화光和 원년(178년)이었지. 채옹이 북쪽 지방에 있은 지 아홉 달이 되던 때 조정에서 그들을 사면해 주었소. 그러나 채옹은 돌아오는 길에 오원태수五原太守 왕지王智의 노여움을 사 그들에게 쫓기다가 강호에서 십이 년간 망명생활을 했지. 초평初平 원년(190년)이 되어서야 낙양洛陽으로 돌아올 수 있었는데, 채옹은 그만 또 동탁董卓에게 이용당하고 말았소. 참으로 안타까울 뿐이오.

변씨 어째서 대감처럼 도망가지 않았습니까?

조조 문인의 단점이 바로 그것이오. 그도 도망가고 싶었으나 결정을 내리지 못했다고 들었소.

변씨 십이 년의 망명생활 동안 채문희는 아버지와 함께 다녔던 것이지요?

조조 아무렴, 헌데 낙양에 돌아온 후 얼마 안 있어 헤어졌소. 초평 원년 삼월에 조정에서 장안으로 천도하자 채옹은 그 뒤를 따라갔고, 그녀는 낙양에 남았소. 아마 초평 3년(192년)에 하동河東의 위중도에게 시집을 갔지. 얼마 후 채옹이 장안에서 화를 당했고, 그녀의

　　모친 조오랑도 따라 죽었소. 채백개의 죽음은 우리에
　　게는 큰 손실이 아닐 수 없어. 지금까지 그의 학문과
　　문장에 견줄 만한 사람이 없으니까.

변씨　듣자하니, 채문희도 재능과 학문이 대단하다고 하던
　　데요?

조조　어렸을 때 매우 총명했소. 기억력이 좋아 한 번 보면
　　모두 다 외워버렸으니까. 그녀가 쓴 시 《호가십팔박》
　　을 보고 있자니, 채중랑은 참 훌륭한 딸을 두었다는
　　생각이 드오. 이런 시련들이 그녀를 더 훌륭한 시인
　　으로 만들었나 보오. 그녀의 부모가 죽은 다음해에
　　남편마저 잃게 되어버렸지 뭐요.

변씨　어머나, 참으로 가엾습니다!

조조　남편이 죽은 뒤 진류로 돌아가 두 해 정도 있다가 흥
　　평 2년(195년)에 흉노로 들어갔소.

변씨　어휴, 참. 그녀에게 악재가 겹쳤군요!

조조　나도 그녀가 가련하오! 그래서 이번에 남흉노에 사신
　　을 보내 그녀를 데려 오도록 했소. 돌아오면 그녀 부
　　친의 유업을 이어 큰 사업을 이뤄낼 것이오. 그 부친
　　이 《속한서》를 편찬하려고 했었으니, 그녀가 이 일에
　　가장 적합하지 않겠소?

변씨　남흉노에서 십이 년을 지내며 슬하에 아들과 딸을 각

각 한 명씩 두었다고 들었는데, 이번에 함께 돌아오
나요?

조조 아니, 흉노의 좌현왕이 허락하질 않았소.

변씨 그렇게 되면 상심이 컸을 텐데요?

조조 그러게 말이오. 그 상심한 마음으로 《호가십팔박》을
썼을 것이오.

조조는 대화를 나누면서 시를 읽는다. 그는 마치 오관五官을
동시에 움직일 줄 아는 듯하다.

변씨 계산해보니, 저보다 열 예닐곱이 적네요. 그녀를 동
생처럼 대할까요? 아니면 조카처럼 대할까요?

조조 당연히 조카로 대해야 하지 않겠소. 채백개와 나는
망년지교이니, 나는 채문희를 딸처럼 대할 것이오.
(또 책상을 치며, 절찬하는 바람에 변씨가 깜짝 놀란다)
아, 훌륭한 시로다! 훌륭한 시로다! (책상을 치며 감탄
한다)
한스러워 하늘에 묻고자 하니,
하늘은 창창하여 위로 닿을 수 없고
머리 들어 바라보니 공허한 구름과 연기뿐.
(세게 책상을 내려친다)

변씨 당신이 그렇게 마음에 들어 하시는 걸 보면, 틀림없이 훌륭한 시일 거예요.

조조 훌륭하기 그지없소, 훌륭하기 그지없소! (계속해서 무릎을 치며 읊는다)

이제 자식과 헤어져 고향으로 돌아가니,
묵은 근심이 사라지고 새로운 근심이 생겼네.
피눈물을 흘리며 고개를 들어 하늘에 묻노니,
어찌하여 저를 세상에 낳아 홀로 이런 재앙을 당하게 하나이까!

마치 피로 써내려 간 것 같구려! (잠시 멈췄다가 계속해서 읊는다)

하늘과 땅이 모자를 동서로 갈라놓는구나.
나의 이 가슴에 맺힌 한 저 하늘을 넘쳐나니,
천하가 아무리 넓다 한들 내 슬픔을 다 담을까?
(또 세게 책상을 친다)

변씨 (눈물을 흘리며, 손수건으로 자꾸만 눈물을 훔친다) 정말 슬프군요. 당신이 읽는 것을 듣고 있자니 눈물이 다 흐릅니다.

이때 조비가 등장한다. 조비는 스물두 살이다. 손에 서신 한 통을 들고 조조 곁에 가까이 가서 무릎을 꿇고 서신을 건넨다.

조비 아버님, 흉노에 파견되었던 부사 둔전사마 주근이 채 문희를 데리고 돌아왔습니다.

조조 채문희가 벌써 도착했느냐? 네 어머니와 방금 그녀 얘기를 하고 있었다.

조비 주근이 관저에 와서 보고하며, 동사의 이 표문表文을 건네주었습니다. 남흉노의 우현왕 거비도 왔습니다.

조조 동사는 오지 않았느냐?

조비 표문에 따르면 화음에서 낙마해 왼쪽 발이 부러져 그 곳에서 치료를 해야 한다고 합니다.

조조 네가 읽어보도록 해라. (서신을 조비에게 건넨다)

조비 (서신을 펼쳐 소리 내어 읽는다) "죄인 동사는 황공무지 할 따름입니다. 저의 죄는 죽어 마땅하옵니다. 승상 조공께 머리 조아려 아룁니다. 신이 장안에서 화음으 로 가는 도중에 낙마해 왼쪽 정강이뼈가 부러져 길을 나서지 못하게 되었습니다. 의원의 말에 따라 화음에 남아 치료를 받으려면 아마 한 달 가량은 지체해야 될 것 같습니다. 허나 일정이 촉박하여 고삐를 늦출 수는 없어, 부사 둔전사마 주근에게 채염을 업하까지

호송하도록 해 승상께 먼저 보고드립니다. 남흉노 호
주천선우가 답례사신으로 우현왕 거비를 파견했으
니, 이 또한 주근이 알현을 준비할 것입니다. 흉노에
서 보낸 공물들도 주근이 직접 말씀드릴 것입니다.
신은 일단 완쾌되는 즉시 업으로 돌아가 처분을 받도
록 하겠습니다. 신 동사 황공무지할 따름이며, 죽어
마땅하옵니다. 건안 13년 4월 10일."

조조 그래, 그 주근을 만나봐야겠으니 네가 사람을 시켜
그를 이리로 들라 하여라.

변씨 (반짇고리를 정리하며, 자리에서 일어선다) 제가 가서 이
르도록 하지요. (조비에게) 자환子桓아, 너는 여기 있
거라.

조조 그렇게 하시오.

변씨가 퇴장한다.

조조 (《호가십팔박》의 필사본을 조비에게 건넨다) 이 시를 보
았느냐?

조비 아, 《호가십팔박》 말씀이십니까. 동사께서 보내오셨을
때 저도 보았습니다. 그리고 사본을 베껴두었습니다.

조조 너도 마음에 드느냐?

조비 그럼요. 저는 《이소離騷》 이후 가장 훌륭한 시라고 생
        각합니다.

조조 네 안목이 높구나. 너의 문우들인 왕찬王粲, 유성劉
        楨, 완우阮瑀, 응창應瑒 중 아무도 이렇게 쓰지 못할 것
        이다.

조비 그럼요. 저희에게는 그러한 경험이 없을뿐더러, 그렇
        게 감정이 충만하지도 않습니다. 제가 보기에는, 저
        희들뿐만 아니라 아마 진한秦漢 이래로 채문희와 같
        은 인물은 없을 것입니다. 사마천司馬遷의 문장도 좋
        기는 하나 그것은 시가 아니지 않습니까. 굴원屈原,
        사마천, 채문희 이들은 목숨을 걸고 글을 짓는 것 같
        습니다. 그러나 저희들은 붓과 먹으로 글을 쓸 뿐입
        니다.

조조 네 말이 맞도다. 채문희에게는 《호가십팔박》이 있으
        니, 이번에 그녀가 돌아온 것만으로도 큰 수확이로구
        나. 내가 좋은 일을 한 것 같아 참으로 기쁘다. 만일
        그녀가 돌아오지 않았다면 이렇게 좋은 시는 쓰지 못
        했을 것이다.

조비 정말 훌륭한 시입니다. 저는 특히 제10박이 마음에
        와 닿습니다. (시를 손에 들고 낭송한다)
        성 꼭대기의 봉화가 꺼질 줄 모르니,

변방의 전쟁은 언제나 끝날까?

살기는 아침마다 변방 문에 부딪치고,

호나라의 바람은 밤마다 변방의 달빛 아래 불어오네.

이 시구들은 얼마나 절묘하고 조화롭습니까?

조조 내가 보기에 그녀가 남보다 뛰어난 점은 민간 가요체를 잘 사용한다는 점이다. 칠언일구七言一句의 시는 서한西漢 말 이후 가요와 동경銅鏡의 명문銘文에 주로 쓰였지만, 문인학사들은 이를 채택하지 않았다. 네가 쓴 《연가행燕歌行》 두 수는 아주 잘 쓴 칠언시지만, 겨우 두 수밖에 없지 않느냐.

조비 문인학사들은 언제나 보수적입니다. 사언시가 천여 년을 이어져오다가 요즘에서야 오언시를 본격적으로 쓰고 있는 것만 보더라도 그렇지 않습니까? 그러니 칠언시가 본격적으로 쓰이려면 아마 몇 세대가 지나야 할지 모르겠습니다.

조조 이러한 것들은 기법상의 문제고, 어느 정도는 독창적인 품격을 이룰 수 있어야 한다. 그러나 이 《호가십팔박》은 감정과 사상에 그 주안점이 있다. 이 시는 '멸신론滅神論'의 견해를 내포하고 있는 것이야.

조비 그렇습니다. 참 용기도 대단하지요. 천지와 귀신을 저주하다니 말입니다.

조조 나는 바로 이런 점이 마음에 든단다. 그러나 그녀가
　　　사람들에게 배척당하는 이유도 아마 이 부분 때문일
　　　것이다.

　　　하인이 등장하며 아뢴다: "둔전사마 주근이 당도했습니다."

조조 안으로 들라 해라.

　　　시종은 명령을 받들고 퇴장한다. 잠시 후 주근이 등장하더니
　　멀리서 무릎을 꿇어 조조에서 절을 올리고 다시 조비에게 절을
　　한다. 조씨 부자도 각각 답례한다.

주근 소신 주근, 조 승상님께 인사 올립니다. 오관중랑장
　　　께서도 평안하신지요?
조조 (변씨가 앉았던 옆자리를 가리키며) 수고했네. 여기 앉아
　　　서 자세히 얘기 좀 해보게.
주근 (황공해 한다) 소신이 어찌 감히 옆자리에 앉겠습니
　　　까?
조조 (호쾌하게) 뭘 그리 형식에 얽매이나. '분부를 따르는
　　　게 공경하는 것보다 낫다'고 하지 않나.
주근 예, 그럼 앉도록 하겠습니다. (일어나서 앞으로 나아가

옆자리에 앉는다)

조비도 좀 멀리 떨어진 자리를 골라 앉는다.

조조　오늘 도착했는가?

주근　네. 오늘 오후 신시申時 일각에 도착했습니다. 용성龍
　　　城을 떠나 여기 도착하기까지 꼬박 45일 걸렸습니다.
　　　남흉노 선우가 호주천이 승상님께 감사와 함께 안부
　　　인사를 전해달라고 부탁하였습니다.

조조　고맙군.

주근　저희들이 길을 떠날 때 선우는 황양 250마리와 호마
　　　100필, 낙타 20마리를 보내셨고 우현왕 거비가 기병
　　　200명을 거느리고 친히 호송해 주었습니다. 진상품
　　　은 잘 처리하였습니다.

조조　그쪽의 형편은 어떠하던가?

주근　소신이 보기에는 호주천선우와 우현왕 거비는 한나
　　　라에 대해 우호적인 것 같았습니다. 승상님께서 삼군
　　　오환을 평정하셨고 값비싼 금은보화로 채문희를 대
　　　속해주시자, 승상님을 아주 경외하고 있습니다. 호
　　　주천선우는 우현왕 거비를 특별히 파견하여 저희를
　　　호송하였습니다. 선우는 그의 성의를 충분히 보였습

니다.

조조 그럼 좌현왕의 태도는 어떠하였는가?

주근 (잠깐 생각한다) 그 사람의 태도는 별로 신통치 않았던 것 같습니다.

조조 뭐?

주근 그는 채문희를 데려가는 걸 반대해 여러 가지로 저희를 난처하게 하고 시간을 끌었습니다. 나중에 소신이 그에게 채문희를 돌려보내지 않으면 심각한 사태가 발생할 것이라고 얘기했습니다. 조 승상님의 군대가 흉노에 도착하는 즉시 모든 것을 진멸할 것이라는 얘기도 했습니다.

조조 (눈빛이 더욱 빛난다) 그에게 그런 얘기를 했단 말인가?

주근 예. 마지막 날에 그렇게 말했습니다. 좌현왕이 너무 비협조적이라 한 번 으름장을 놓았습니다. 뜻밖에도 제가 이 얘기를 한 후 그는 공손해진 것 같았습니다. 제가 보건대 이 사람은 너무 교만합니다. 그는 스스로 '모돈'이라고 자처하는데, 그의 야심이 그대로 드러나지 않습니까?

조조 조상을 기리는 거겠지.

주근 물론 그렇습니다. 하지만 저는 선우에게 좌현왕은 결코 '모돈'이 되지 못할 것이며, 오히려 '답돈踏頓'(오환의 선우. 원소의 잔여세력과 협력하다 조조의 맹장 장료에게 죽임을 당함)이 될 것이라고 말했습니다.

조조 (소리 내어 웃는다) 하하, 자네 정말 재미있는 사람이군. 근데 '모돈'의 흉노 발음은 '묵독墨毒'이라네.

주근 (황공해 한다) 제가 좀 경솔했습니다. 하지만 호주천선우나 우현왕 거비도 그를 '모순矛盾'(冒頓과 矛盾의 중국어 발음은 'maodun'으로 같다. 여기서는 약간 비꼬는 어투라 할 수 있다)이라고 부르는 것을 보았습니다.

조조 아마 좌현왕과 농담으로 하는 말이겠지. 그럼 이제 채문희에 대해서 얘기해보게.

주근 괜찮아 보였습니다. 먼 길을 오느라 고생은 했지만 아프지는 않았습니다. 모두 승상님의 덕분입니다.

조조 동 도위가 그녀가 쓴 《호가십팔박》을 장안에서 보내왔더군. 방금 전에 보았네. 이 시를 자네도 보았는가?

주근 저도 보았습니다. 오는 도중에 계속 초미금을 뜯으며 노래하더군요.

조조 어떻게 생각하는가?

주근 (조조의 심중을 헤아리지 못해 잠깐 머뭇거린다) 저는 음률을 잘 모르고 시에 대해서도 별로 아는 바가 없습니다. 제 생각으로는 매우 슬프지만 제멋대로 씌어져 '온유함'을 잃어버린 듯합니다.

조조   오, 이런 견해도 있구먼.

주근   (조조의 심중을 제대로 헤아린 줄 알고) 소신이 보기에는 채문희 부인이 돌아오는 것을 별로 기뻐하는 것 같지 않았습니다. 그녀의 시에는 원한이 가득차 있으며 그녀의 한이 얼마나 깊은지 우주보다도 더 크다고 하였습니다.

조조   하지만 그녀는 고향도 매우 그리워하지 않는가? 시에서 '한시도 나의 고향을 잊어본 적이 없다'고 하지 않았는가? 보게나. '남쪽으로 떠나는 기러기에게 나의 소식을 실어 보내고, 북쪽으로 돌아오는 기러기에게서 고향 소식을 듣네. 기러기 높이 날아 찾을 길 없으니, 빈 가슴에 그리움만 쌓이네.' 이래도 그녀가 돌아오길 원하지 않는다고 할 수 있겠나? 내가 보기에는 자식들과의 생이별이 마음 아파 그렇게 슬퍼하는 것 같네.

주근   네, 네, 지당하신 말씀입니다. 부인은 분명 마음이 매우 혼란스러울 것입니다. 고향이 그립기도 하지만 애들을 떼어놓자니 마음이 아프고……. 흉노에서의 생활이 불편하긴 했겠지만 또 좌현왕과 헤어지는 것 역시 슬펐을 것입니다. 소신이 보기에 채문희와 좌현왕은 정이 깊어 보였습니다. 시에서 주로 애들에 대해

서 얘기했지만 좌현왕의 총애에 대해서도 언급한 바
있습니다. 저는 좌현왕 같은 야심가, 즉 모돈('모순'이
라고 했다가 다시 '묵독'으로 바꾼다)이라고 자처하는
사람이 정말 싫습니다. 그런데 채 부인은 어떻게 그
런 사람을 좋아할 수가 있죠?

조조 (얘기가 이상한 방향으로 흘러가자 화제를 바꾼다) 동 도
위의 부상은 어떠한가?

주근 아주 심각합니다. 왼쪽 경골이 부러졌고 앞으로 불구
가 될 수도 있다고 합니다.

조조 어쩌다가 말에서 떨어졌는가?

주근 말 위에서 잠을 자는데 말이 앞발을 헛디디는 바람에
떨어졌습니다.

조조 시간이 그리도 촉박했는가?

주근 그리 촉박한 것도 아니었는데, 동 도위의 생활이 조
금은 바르지 못한 데가 있었습니다.

조조 어? 무슨 뜻인가?

주근 그와 채문희는 어려서부터 친한 사이였고 이번에도
매우 가깝게 지냈습니다. 때로는 깊은 밤에 만남을
가지기도 하고 밤을 지새우는 때도 있었다고 합니다.

조조 (목소리와 얼굴빛이 조금 달라지며) 그런 일이 있었단 말
인가?

주근 승상께서 저희 일행 중 아무에게나 물어보십시오. 아마 모르는 사람이 없을 것입니다. 함께 온 흉노 병사들도 수군댔습니다.

조조 허 참, 나는 동사가 그런 행동을 할 줄은 미처 몰랐네.

주근 (자신의 얘기가 먹혀들자) 저도 동 도위의 태도를 정말 이해할 수가 없었습니다. 그가 채문희와 특별히 가깝게 지내는 것은 이해할 수 있지만 좌현왕과의 사이는 도무지 이해할 수가 없었습니다.

조조 좌현왕과 무슨 일이 있었는가?

주근 좌현왕은 한나라에 대해 적의를 품고 있습니다. 남흉노에 머무는 동안 좌현왕은 사사건건 트집을 잡았고, 저희의 일거수일투족을 감시했습니다. 그는 채문희를 돌려보내지 않기 위해 채문희가 아이들을 떼어놓기 힘들어한다고 핑계를 대더군요. 나중에 호주천선우가 그들에게 사흘의 말미를 주었는데도 좌현왕은 계속 시간을 끌었습니다. 넷째 날이 되자 좌현왕은 갑자기 동 도위를 집에 초대했습니다. 그러면서 채문희 부인이 직접 동 도위를 만나고 나서 최후의 결정을 내리기로 했다고 얘기하더군요. 저희는 무슨 꿍꿍이가 있을까봐 동 도위를 말렸지만 그래도 가더군요. 근데 이상한 것은 그 뒤였습니다.

조조 (얼굴색이 변한다) 무슨 일이 일어났나?

주근 정말 생각지도 못한 일이 벌어졌습니다. 동 도위가 그 댁에 다녀온 후 그 교만하고 적의에 가득 찼던 좌현왕과 절친한 친구 사이가 되었더군요. 서로 검을 선물하며 '생사지교'를 맺었다고 합니다. 좌현왕은 자신의 경려도를 동 도위에게 주었고, 동 도위도 승상께서 하사하신 옥구검과 조정의 관복을 좌현왕에게 주었답니다.

조조 (노기를 띤다) 그게 사실인가?

주근 한 치의 거짓도 없습니다. 저희 일행 모두가 증인입니다.

조조 모두가 증인이라고?

주근 예, 누구라도 증명할 수 있습니다.

조조 흥, 이거야말로 암암리에 내통하는 게 아닌가?

주근 소인도 그 이상은 아는 바가 없습니다.

조조 (눈빛이 빛나며 조비에게 단호하게 말한다) 알겠네. 자환! 내 명을 받아 적도록 해라!

조비 (명에 따라 허리춤에 있는 작은 주머니에서 연필과 나무간독을 꺼낸다. 옛날 사람들은 이를 '연참鉛槧'이라고 불렀으며 기록 시 사용했다) 아버님, 말씀하십시오.

조조 "화음 현령에게 보내는 급한 전갈: 둔전도위 동사는

암암리에 내통을 하고 품행이 방정치 못하다. 이 전
갈을 받는 즉시 자결케 하도록 하라. 건안 13년 4월
10일."

조비 (다 받아 적은 후 조조에게 건넨다) 아버님께서 서명하십
시오.

조조 (간독을 받아 들고 한 번 읽어보고는 서명한 후 다시 조비
에게 건네준다) 당장 화음에 사람을 보내도록 하라.

조비 예! (일어나서 간독을 받는다)

조조 주 사마도 데리고 가게. 내일 오전 진시辰時 정각(오전
아홉 시)에 후원의 송도관松濤館에서 우현왕 거비를 만
날 것이니 주 사마도 참석하라. 너희들은 준비 잘하
도록 하여라.

조씨 부자는 대화를 계속하고, 주근은 몸을 반쯤 구부리고
의기양양한 모습으로 조조에게 읍한다.

주근 승상님, 여쭤보고 싶은 게 있습니다.

조조 무슨 일인지 얘기하게.

주근 채문희 부인은 어찌하실 건가요?

조조 그건 내가 다시 한 번 생각해보아야겠네. (조비에게)
자환, 그녀의 정황을 잘 살피거라.

조비 (몸을 일으키며) 예, 잘 알겠습니다. (주근에게) 주 사마,
　　나와 함께 가게나.

　　주근은 다시 한 번 조조에게 읍한 후 일어난다.

　　　　　　　　　　　　　　　　—막이 내린다

제2장

－≪◎≫－

역관 안의 어느 방. 앞 장면의 다음날 이른 아침, 새벽닭이 운다.

역관 방 안에는 책상과 경대 등이 놓여져 있다. 옛사람들은 방바닥에 앉았으므로 책상이 너무 높으면 안 된다. (배경은 고개지顧愷之의《여사잠도女史箴圖》를 참조해도 좋다)

채문희가 책상에 엎드려 졸고 있으며, 책상에는 종이와 붓, 벼루 등이 있다. 그녀가 글을 쓰고 있었음을 보여준다.

시서가 등장하더니 깜짝 놀라며, 얼른 옷걸이에서 겉옷을 가져와 문희에게 덮어준다.

문희 (선잠을 자다 놀라 깬다) 아, 시서구나. 고맙구나. 벌써 날이 밝았느냐?

시서 네, 마님, 곧 진시입니다. 방금 들어올 때 부인께서 글을 쓰고 계심을 보고 인기척을 내지 않았습니다. 그런데 순간 잠이 드셨군요. 어제 막 도착하여 아직 여독이 풀리지 않았는데 밤새 글을 쓰셨네요……. 마님, 몸을 잘 돌보셔야 마님에 대한 승상의 은혜에 보답하실 수 있지 않겠습니까?

문희 시서야, 너와 시금이 모두 나한테 너무 잘해주어서 정말 고맙구나. 한나라에 돌아와 장안을 거쳐 업하에 도착하는 동안 가는 곳마다 태평성세여서 정말 기뻤어. 31년 동안 살면서 처음으로 그런 모습을 보았다. 조 승상의 은혜를 점점 더 깊이 느끼고 있단다. 무엇으로 그 분에게 보답할 수 있을까? 동 도위가 그러는데 조 승상은 나보고 《속한서》 편찬을 도우라고 한다는구나. 이는 나의 아버지의 유업이니 당연히 내가 해야지. 아버지의 저서는 많으나 다 유실되었어. 그래도 400여 편을 나는 기억하고 있고 지금 그 목록을 정리하고 있어. 그것들을 다시 적는다면 《속한서》를 저술하는 데 큰 도움이 될 거야.

시서 마님, 좋은 생각이십니다. 만약 저희에게 베껴 쓰도록 허락해 주신다면 기꺼이 돕겠습니다.

문희 정말 고맙구나. 그런데 시금이는?

시서 시금 언니는 아침 일찍 조 승상님 댁에 갔어요.

문희 내가 좀더 서둘러 조 승상님을 뵙고 직접 감사 인사
를 드렸어야 했나보다. 주 사마는 아무 말씀이 없으
셨느냐?

시서 예, 아무 말씀 없으셨습니다. 어제 저녁에 조 승상님
께 불려갔다는데 지금까지 아무런 말씀이 없으십니
다. 제 생각에는 조 승상께서 주근 사마나 우현왕과
함께 하는 자리가 아닌, 마님만 따로 만나시려 하는
것 같습니다. 시금 언니는 방금 전 오관중랑장이 사
람을 보내 그리로 함께 갔습니다. 아마도 마님께서
승상님을 뵐 일에 대해 상의하러 간 것 같습니다.

문희 한시라도 빨리 승상님을 뵙고 싶구나. 조 승상께서는
아버지의 절친한 친구 분이셨지. 하지만 열여섯 살
때 낙양에서 한 번 뵌 것이 전부야. 내 기억으로는 아
주 소탈하신 분이었던 것 같아.

시서 맞아요. 조 승상님은 참 좋으신 분이에요. 사람들은
승상님이 무섭다지만 사실 아주 인자한 분이시랍니
다. 저희들에게도 아주 관대하시죠. 그리고 마님이신
변씨 부인도 아주 도량이 넓고 사람이 참 좋으시죠.

누구를 혼내거나 화를 내시는 것을 한 번도 본 적이
없어요.

문희 조 승상님과 마님은 매우 검소하셔서 평소에도 무명
옷만 입으신다고 하던데, 그게 사실이더냐?

시서 맞습니다. 승상님의 의복과 이불 모두 무명으로 만든
것이며, 깁고 꿰매고 해서 10년은 입으신답니다.

문희 그리고 그 댁 며느님 한 분이 비단옷을 입으셨다가
승상님께서 이를 보시고는 가문의 법도를 어겼다며
친정에 돌아가 자결할 것을 명하셨다고 하던데, 그게
사실이더냐?

시서 그건 사실과 좀 다릅니다. 넷째 며느님(조식曹植의 부
인)께서 야단을 들으시고는 견디지 못해 친정으로 돌
아가 자결을 하신 겁니다.

문희 아, 그럼 난 어찌해야 한단 말이냐? 승상께서 내게 보
내주신 옷들은 모두 새것이고 게다가 비단옷이니 말
이다.

시서 마님께서는 이제 막 돌아오셨으니 상황이 다르죠. 승
상님께서도 공식석상에서는 예를 무척 중요시하십니
다. 그러니 단장을 하셔요.

문희 (일어나 경대 앞에 앉는다) 그래, 그럼 단장을 좀 해야겠
구나.

시서가 문희 머리를 빗겨준다.

시금이 다급히 뛰어 들어온다.

시금 (헐떡거리며) 마님! 큰일 났습니다.
문희 (돌아보며) 시금아, 무슨 일이냐?

시서 역시 의아해 하며 바라보고 있다. 손에는 빗을 들고 있다.

시금 (헐떡거리던 것이 조금 진정된다) 해가 막 뜰 무렵에 오
 관중랑장께서 사람을 보내 부르셔서 가보니, 승상님
 께서 칙령을 내려 어제 저녁에 화음에 급히 사람을
 파견해 동 도위의 죄를 물어 자결하라 명하셨답니다.
문희 (크게 놀라며) 뭐라고?

시서도 크게 놀란다. 문희는 정자를 내려오고 시서는 그 뒤
 를 따른다.

시금 둔전도위 동사께 화음에서 자결을 명하셨다고요!
문희 죄목이 무엇이더냐?
시금 오관중랑장께서 그러시는데 칙령에 쓰인 바로는 내

통과 풍기문란이랍니다.

문희 아니, 동 도위가 어디 그럴 사람이더냐? 도대체 어떻게 된 영문인지…….

시서 저도 도저히 믿을 수가 없어요.

시금 오관중랑장께서 별다른 말씀은 안 해주셨어요. 그저 이 일이 마님과 관련이 있다고만 말했어요.

문희 (놀라며) 나와 관련이 있다고?

시금 네에, 그렇게 말씀하셨어요. 그리고 오관중랑장께서도 어젯밤에 생각해 보니 의심스러운 부분이 있었지만 직접 나서서 조사하기는 여의치가 않다고 하시더군요. 또 승상님께서 오늘 아침 진시 정각에 우현왕 거비를 만나실 것이니, 마님께서 그때 승상대감을 뵙고 직접 말씀드리면 오관중랑장께서 옆에서 거들겠다고 말했습니다. 오관중랑장께서는 뭔가 미심쩍은 점이 있으면 아직 이를 바로잡을 수 있다 하셨습니다.

문희 그럼 가봐야겠다. 동 도위는 절대 그런 사람이 아니야. 당연히 내가 가서 구해야지.

시금 저도 동 도위께서 그런 분이라고는 생각하지 않아요.

시서 제가 빨리 머리를 빗고, 옷을 갈아입도록 도와드리겠습니다.

문희 아니다. 그냥 이대로 가겠다. 지금은 이 일이 무엇보

　다도 급하다. 게다가 이번 일이 나와 관련이 있다 하
니 나도 죄인이 아니더냐. 그러니 가서 처벌을 구하
는 것이 마땅하지. 너희들도 날 도와줄 수 있겠느냐?
시서 기꺼이 돕겠습니다.
시금 증거가 필요하다면 저희가 가장 확실한 증인이잖아요
문희 고맙구나. 그럼 어서 나가자.

　문희는 시금을 잡고 급히 몸을 일으킨다. 신발을 신을 겨를
도 없이 맨발로 달려간다. 시서도 그녀를 부축하고 함께 퇴장
한다.

— 막이 내린다

제3장

승상부 후원에 있는 송도관, 푸른 소나무와 측백나무가 무성
하며 화단에는 작약이 만발해 있다. 같은 날 진시.

조조는 송도관 바닥의 정중앙에 앉아 있다. 우현왕 거비와
주근의 자리는 조조의 왼쪽으로 객석에서 보면 오른쪽에 나란
히 앉아 있고, 조비는 조조 오른쪽에 앉아 있는데 주근과 마주
보고 있다.

조조 (우현왕에게) 이렇게 많은 선물을 가지고 오시다니, 호
　　　주천선우와 우현왕께 감사드리오.
거비 중원에는 우리 흉노의 낙타가 그래도 희귀할 것 같아
　　　호주천선우께서 성의의 표시로 특별히 흉노의 낙타

스무 마리를 보내셨습니다.

조조 대단히 감사하오. 그런데 좌현왕과는 친형제 사이가
아니오?

거비 아닙니다. 좌현왕은 저희 백부님의 아들입니다. 호주
천선우와 제가 친형제지간이지요.

조조 좌현왕과는 사이가 좋소?

거비 (잠시 망설이다가) 아주 좋다고는 할 수 없습니다.

조조 왜 그렇소?

거비 좌현왕은 너무 강직한 사람입니다. 그는 저희 선조
중에 오로지 모돈(묵독)선우를 본받아 자신의 이름까
지도 모돈이라고 지었지요. 저희들은 한자음을 빌어
뒤에서는 그를 '모순矛盾' 이라고 수군거립니다.

조조 아, 나도 그 얘기는 들은 적이 있소.

거비 그는 한나라에 대한 불만을 가지고 있습니다. 이번에
도 어쩔 수 없이 문희 부인을 한나라에 보낸 것이며,
그는 이번 일로 자신의 가정이 깨졌다고 생각합니다.
그래서 저희는 그가 혹시 무슨 허튼 짓이라도 하지
않을까 걱정입니다.

조조 그런데 좌현왕이 동 도위와 절친한 사이라고 하던데,
정말 그렇소?

거비 예, 맞습니다. 그건 저도 참 의아하게 생각하고 있습

니다. 처음에는 사이가 그렇게까지 좋지는 않았습니다. 저희가 떠나오던 날 좌현왕이 동 도위를 초대해 문희 부인과의 자리를 마련했습니다. 그리고 얼마 지나지 않아 무슨 일인지 그들은 막역지우가 되어 서로 검까지 교환하였습니다.

조조 음, 그럼 돌아오는 길에 동 도위의 태도는 어땠소?

거비 사람은 참 좋은 것 같습니다. 그런데 문희 부인이 밤이면 초미금을 타고 노래를 하는데, 가끔씩 동 도위가 그 깊은 밤에 문희 부인 곁에 함께 있어주곤 했습니다. 이 때문에 저희가 밤잠을 설치곤 했지요.

이때 시종이 왼쪽 구석에서 등장해 조조 앞에 무릎을 꿇고 보고한다.

시종 승상께 아룁니다. 채문희 부인께서 승상님을 뵙겠다고 오셨습니다.

조조 (망설인다) 문희 부인이 왔다고? 마님께 접견하도록 이르거라.

조비 (끼어들며) 아버님, 차라리 문희 부인을 이 자리에 모시고 주 사마 앞에서 부인과 동사 사이에 무슨 일이 있었는지 확실하게 알아보는 것이 어떻겠습니까?

조조 (잠시 생각한 후) 그게 좋겠구나. (시종을 향해) 부인을
　　　들라 하여라.

　　　시종이 퇴장한다.

거비 (조조에게 예를 행한다) 저 때문에 시간이 너무 많이 지
　　　체된 것 같습니다. 그럼 이만 물러가도록 하겠습니다.
조조 그렇게 하시죠. 다음에 또 뵐 기회가 있을 것이오. 며
　　　칠 더 머물다 가시지요. (조비에게) 자환아, 우현왕을
　　　배웅해드려라. 우현왕께 번왕藩王의 예우를 갖추고
　　　소홀함이 없이 잘 모시도록 하여라.
조비 예, 알겠습니다. (우현왕을 안내해 퇴장한다. 잠시 후 다
　　　시 등장해 원래의 자리로 간다)
조조 (주근에게) 주 사마는 더 있다가 가게. 이 문제의 실마
　　　리를 풀어야 문희 부인도 사실을 인정하고 동사 또한
　　　죽더라도 여한은 없어야 하지 않겠는가?
주근 (허리를 굽혀 절한다) 소인의 영광입니다.

　　　시금과 시서가 문희를 부축하고 등장해 계단 아래에 선다.
　　문희는 머리를 산발하고 맨발에 초췌한 모습이다. 조조는 이를
　　보고 매우 의아해 한다.

문희가 계단 아래에서 조조에게 인사를 한다.

문희 채문희 조 승상께 인사 올립니다. 조 승상께서 저를
이렇게 대속해주셔서 감사합니다. 하지만 오늘 저는
죗값을 치르러 왔습니다. 저는 죄인인지라 의관도 갖
추지 못하고 승상께 처벌을 구합니다.

조조 내가 언제 부인께 죄를 물은 적이 있소?

문희 승상께서 둔전도위 동사에게 화음에서 자결하라는
명을 내리셨다고 들었습니다. 죄목이 내통과 풍기문
란이며 저와도 관련이 있다고 들었습니다. 동사가 죽
어 마땅하다면 저 또한 용서받지 못할 죄를 진 것입
니다. 그래서 승상께서 부르시지도 않았는데 이렇게
달려와 처벌을 구하고 있습니다. 하지만 승상께서 사
실을 제대로 알아보신 후에 저의 죄를 물으신다면 저
는 죽어도 여한이 없을 것입니다. 죽어서도 승상의
은혜에 감사드릴 것입니다.

조조 (잠시 생각한다) 좋소, 무슨 일인지 확실하게 하는 것
도 나쁘지 않겠구려. 먼저 내가 동사에게 풍기문란죄
를 물은 이유는 동사가 돌아오는 도중에 부인에게 무
례했던 점이 많았기 때문이오. 동사는 매일 밤 부인
이 초미금을 타고 노래를 하는 것을 옆에서 지켜보았

으며, 이 일로 많은 사람들이 잠을 이룰 수 없었다고
하니, 이것이 사실이오?

문희 승상님, 그 밖에 또 무엇을 잘못하였습니까?

조조 이것만으로도 벌써 죽을죄요. 내가 그에게 억울한 누
명을 씌우고 있는 것인지, 어디 말을 해보시오.

문희 승상님, 만약 다른 잘못이 없다면 그 풍기문란의 죄
목은 너무 지나치십니다.

조조 뭣이라고? 부인이 해명을 할 수 있다면 해보시오.

문희 (해명을 하면서 적절한 동작을 해보인다) 돌아오는 길에
제가 밤이면 초미금을 타고 노래를 하곤 했습니다.
이건 저의 잘못입니다. 이번에 돌아오면서 그곳에 어
린 자식들을 버려두고 와 그 아픔을 잊을 수가 없었
습니다. 그래서 장안에 도착하기 전 내내 밤낮으로
슬픔에 젖어 헤어나지 못하고 있었습니다. 잠을 이룰
수도 없고 음식도 넘어가질 않으니 제가 유일하게 할
수 있었던 것은 초미금을 타고 노래를 해 제 슬픔을
삭이는 것뿐이었습니다. 제가 무슨 퇴폐적인 음악을
연주한 것도 아니고 음탕한 노래를 한 것도 아닙니
다. 전 다만 제가 쓴 《호가십팔박》을 통해 제 아픔을
노래했을 뿐입니다. 이 노래의 가사는 동사가 이미
적어 승상께 드렸다고 하니 다시 확인해 보시지요.

조조 그래, 부인이 쓴 《호가십팔박》은 이미 보았소.

문희 제가 자신의 슬픔에 빠져 벗어나지 못하자 동 도위는
저에게 자주 충고를 해주었습니다. 동 도위가 저에게
신경을 많이 써준다는 것을 부정하지는 않겠습니다.
하지만 승상께서도 아시다시피 저희는 사촌 간이며
어려서부터 함께 자랐죠. 저희 두 사람은 동향이자
동문이며 오누이 사이죠. 하지만 저희는 서로를 존중
하며 한 번도 신분을 망각한 무례한 행동을 범한 적
은 없습니다. 그리고 저희가 깊은 밤에 만났던 것도
단 한 번이었습니다.

조조 그렇소?

문희 장안에 도착해 아버님의 무덤을 찾았을 때였지요. 밤
에 잠을 청할 수가 없어서 깊은 밤 모두 잠든 후에 혼
자서 다시 아버지의 무덤에 찾아가 울며 하소연을 하
고 있었습니다. 그때 제가 잠시 기절하여 시서와 시
금이가 저를 깨웠습니다. 천막 안은 답답하게 느껴져
무덤가 정자에 남아 초미금을 타면서 《호가십팔박》
을 한두 절 불렀습니다. 지금 돌이켜보니 그렇게 하
면 안 되는 거였어요. 저는 한밤중이라 모두들 깊이
잠들었으므로 괜찮을 거라고 생각했지요. 이 모든 일
은 제가 자신의 슬픔에만 깊이 빠진 나머지 다른 사

람들을 생각하지 않았기 때문에 일어났습니다. 저의 죄가 큽니다. 어쨌든 한밤중에 거문고를 탔으니 다른 사람의 잠을 방해한 거지요. 동 도위는 그때 저 때문에 깨어나서 무덤가 정자를 배회했고 저에게 따뜻한 충고를 해주었습니다. 그의 말에 저는 깊이 감동했고 마음 깊이 새겼습니다. 그는 제가 다른 사람들은 안중에도 없고 너무 자신만 생각한다고 나무랐습니다. 그리고 저에게 승상님처럼 "천하의 슬픔을 슬퍼하고, 천하의 즐거움을 즐거워하라"는 마음을 배워야 한다고 했습니다. 저처럼 사사로이 자식들의 정에 얽매어 있으면 자신을 망칠 뿐더러 조 승상께서 저에게 갖고 계신 기대도 저버리게 되는 것이라고 말했습니다. 그 말은 너무 감동적이었으나 지금 이 자리에서 그대로 전할 수가 없어 안타까울 따름입니다. 시서와 시금이도 그 자리에서 함께 동 도위의 그 말을 들었습니다. 하늘에 맹세코 저의 말은 조금도 거짓됨이 없습니다.

조조 (깨달은 듯) 그런 일이 있었구나! 시서와 시금이 너희들도 그곳에 있었느냐?

시서 네, 그렇습니다.

시금 저희는 문희 마님께서 흉노의 수도를 떠나실 때부터 아침저녁으로 모셨습니다.

조조 너희들이 바로 증인이구나. 동 도위의 말을 너희들도
　　 모두 기억하고 있느냐?

시금 문희 마님께서 말씀하신 것과 비슷합니다.

시서 빠진 것이 있긴 하나 더한 것은 없습니다. 그리고 동
　　 도위께서는 지금 백성들이 모두 편안히 생활하고 즐
　　 겁게 일하고 있으며 십이 년 전과는 전혀 다른 모습
　　 이라고 말했습니다. 이것은 굉장히 기쁜 일인데도 천
　　 하의 즐거움을 즐거워하지 않는다고 동 도위께서 문
　　 희 마님을 나무라셨습니다.

조조 음, 동사의 말에 일리가 있구나. 문희 부인, 아직 할
　　 말이 있소?

문희 동 도위의 충고를 듣고서 저의 마음도 가벼워졌습니
　　 다. 그리고 저는 그에게 앞으로는 제 자신의 감정을
　　 절제하고, 천하와 함께 즐거워하고 천하와 함께 슬퍼
　　 할 것이라고 맹세했습니다. 장안에서 출발한 뒤로는
　　 밤에 거문고를 타거나 노래를 부르지 않았습니다. 잠
　　 도 잘 자고 끼니도 거르지 않고 먹었습니다. 저는 완
　　 전히 새로운 사람으로 거듭났습니다. 그러나 저로 인
　　 해서 동 도위가 죽을죄를 지게 될 줄은 꿈에도 생각
　　 하지 못했습니다. 저는 너무 불안해서 어쩔 줄을 모
　　 르겠습니다.

조조 (감동한다. 한편 자신이 너무 한쪽으로 치우쳐 경솔했음을 깨닫고 태도가 누그러진다) 문희 부인, 보아하니 이 일은 동사가 억울하게 누명을 쓴 것 같소. 그러나 좌현왕은 야심만만한 사람으로 모돈(묵독)선우의 웅대한 계획을 회복하려고 해서 자신을 모돈이라 부르고 우리 한나라를 무시한다고 들었소. 이 모든 것이 사실이오?

문희 (고개를 끄덕이며) 사실입니다. 모두 사실입니다.

조조 그가 부인이 한나라로 돌아오는 것뿐만 아니라 부인의 자식들이 돌아오는 것은 더더욱 허락하지 않으면서 여러 가지 트집을 잡았다면서요. 그리고 우리가 보낸 사신들도 감시했다는데 이것도 사실이오?

문희 (고개를 끄덕이며) 사실입니다. 모두 사실입니다.

조조 됐소. 누구나 자신의 처자식을 사랑하는 것은 당연한 일이니 좌현왕을 나무랄 수만도 없소. 그러나 이상한 것은 둔전도위 동사란 말이지. 부인이 떠나기 전날, 좌현왕이 동 도위를 부인과 만나게 했다고 들었소. 그리고 그 둘은 막역지교가 되었고, 게다가 좌현왕이 동사에게 경려도를 선물로 주고 동사는 내가 그에게 준 옥구검과 조정의 관복을 좌현왕에게 주었다고도 들었소. 생각지도 못했던 이런 일을 어떻게 받아들여야 하느냔 말이오?

문희 그럼 그것으로 남몰래 내통했다는 죄가 성립된다는 말씀입니까?

조조 그렇소. 아마 그렇게 밖에 받아들일 수 없을 것 같소.

문희 승상님, 만약 그러하시다면 그건 착한 사람에게 누명을 씌우는 일이 됩니다!

조조 뭐라고? 문희 부인! 그렇게 감싸서만 될 게 아니오.

문희 저는 감싸고 있는 게 아닙니다. 승상님, 제 말씀 좀 들어보십시오. (잠시 멈춘다) 좌현왕은 고집이 센 사람으로 저도 그와 십이 년간 부부로 지냈지만, 그의 성격을 변화시키지 못해 부끄러울 따름입니다. 그러나 그는 무척 솔직한 사람이라 그를 이해할 수 있었습니다. 그는 제가 한나라로 돌아가는 것을 허락하지 않았지만 결국 저를 보내주었습니다. 그는 저보고 돌아가서 승상의 뜻을 받들어 《속한서》 편찬을 도우라고 했습니다. 그 편이 제가 흉노에 남아 있는 것보다 더 의미가 있는 일이라고 하면서요. 좌현왕이 그렇게 마음을 바꾸도록 만든 동 도위의 진심어린 권고에 감사를 드려야합니다. (잠시 멈추고 생각을 정리한다)

조조 문희 부인, 우리가 당신을 한나라로 돌아오게 한 이유는 방금 부인이 말한 대로요. 모두들 부인이 돌아와서 《속한서》 편찬을 도와주길 바라고 있소. 이것은 부인의 부친이신 백개 선생의 유업이라는 사실을 부인도 잘 알고 있을 것이오. 전대의 반소가 그녀의 부친 반표의 유업을 이어 오라버니 반고를 도와 《전한서》를 편찬했던 것처럼 부인도 부친의 유업을 이어받아 《속한서》 편찬을 도와주시오. 이 일에 대해서는 다음에 다시 논의합시다. 지금 부인은 너무 피곤한 듯하니 가서 좀 쉬시오. (시서와 시금을 향해) 너희들은 문희 부인을 모셔가서 새옷으로 단장시켜 드리고 다시 모셔오도록 하여라.

문희 승상의 은혜에 감사드립니다.

시서와 시금이 문희를 부축해 퇴장한다.

조조가 자리에서 일어나 계단을 내려가고 조비와 주근이 그 뒤를 따른다.

조조는 뜰을 배회하며 사색에 잠겨 있다.

조조 (걸음을 멈추고 주근에게) 주 사마, 일이 복잡하게 되었소.

주근 (당황해 하며) 그러나 동 도위와 좌현왕이 어떻게 문경
지교刎頸之交가 되었는지 저로서는 도무지 이해가 가
지 않습니다. 기적이라고 한다면 그야말로 기적일 따
름입니다.

조조 (조비를 향해) 우리가 경솔했다는 사실을 이제야 깨달
았구나. 어제 저녁에 시금과 시서를 불러 심문했더라
면 일의 두서가 좀 잡혔을 텐데 말이다.

조비 그러게 말입니다. 저도 오늘 아침에서야 생각이 났습
니다. 그래서 시금이를 불러다가 물어보았지만 시간
이 촉박하여 자세히 묻지는 못했습니다. 저도 그들이
모를 거라고 생각했습니다.

조조 옛말에 "여러 사람의 의견을 들으면 시비를 잘 구별
할 수 있고 한 쪽의 말만 믿으면 사리에 어둡게 된다"
고 했는데 하나도 틀리지 않구나. 이번에 큰 교훈을
얻은 셈이다!

시금과 시서가 문희를 부축해 등장한다. 머리를 올리고 의관
을 단정하게 꾸몄다. 문희는 조조, 조비, 주근에게 읍한다.

조조 문희 부인, 앉아서 말씀하시오. (큰 나무 아래의 돌을
가리키며) 너무 오랫동안 서 계셨소.

시금과 시서는 문희가 돌 위에 앉도록 부축한다.

문희 승상의 배려에 감사드립니다. 그럼 못 다한 이야기를
계속해서 말씀드리겠습니다. 떠나기 전날까지도 저
는 돌아와야 할지 여부를 결정하지 못하고 있었습니
다. 좌현왕이 동 도위를 모셔와 저와 만나게 한 것은
제가 청했기 때문입니다. 저는 동사東師 도위라고만
들었기에 동 도위가 진류 동사라고는 생각지도 못했
습니다. 만나고 나서야 동사라는 사실을 알았습니다.
(주근을 향해) 주근 사마, 당신은 좌현왕에게 만약 나
를 돌려보내지 않으면 조 승상의 대군이 흉노를 쳐들
어와 평정할 것이라고 말씀하신 적이 있으시지요?

주근 (불안해 하며, 억지로) 네, 그렇게 말한 적이 있습니다.

문희 당신의 말씀이 좌현왕을 자극했고 제가 한나라로 돌
아오려던 생각도 바꿔놓을 뻔했습니다. 좌현왕은 사
신 가운데 한 사람은 도위이고 다른 한 사람은 사마
이니 당신들이 군대를 거느리고 있을 거라고 생각했
습니다. 그는 당신들이 틀림없이 대군을 뒤에 숨겨두
고 있을 것이라고 생각했던 겁니다. 저도 만약 사실
이 그러하다면 그것은 정의롭지 못한 전쟁이 될 터이
니 죽어도 흉노에서 죽기로 결심했습니다. 그래서 제

가 좌현왕에게 동 도위를 모셔와 직접 물어보려고 했습니다. 저는 좌현왕에게 숨어서 몰래 엿듣도록 하고 혼자서 동 도위를 만나 사실대로 말하도록 유도했습니다. 동 도위는 시서와 시금이를 함께 데리고 왔습니다. 먼저 저에게 초미금과 의관을 보내주시고, 상냥한 시서와 시금을 보내주신 것에 대해 감사드립니다. 그때 동 도위가 제게 한 말을 시서와 시금도 그 자리에서 함께 들었습니다.

조조 (시금과 시서를 향해) 너희들도 들었느냐? 그럼 문희 부인은 좀 쉬고 시금이의 이야기를 들어보도록 합시다. 시금이가 말해 보거라! 동 도위가 도대체 무슨 말을 했느냐?

시금 동 도위님은 매우 성실한 분입니다. 도위님은 먼저 승상님께서 보내신 선물을 건네고 승상님의 공덕을 기리고 승상님이 문무를 겸비하셨다고 칭송했습니다. 그리고 자신은 둔전도위에 불과하며 주 사마도 둔전사마일 뿐 대군이 따라오지 않았다고 했습니다. 그리고 승상께서는 병사들을 자식처럼 아끼시고, 백성들을 대단히 사랑하신다고 말했습니다. 승상의 용병술은 중국을 평안하게 하고 외환을 없애기 위한 것이라고 하며, 승상님은 용병술에 능하시지만 결코 함부로 쓰시지는 않는다고도 했습니다. 그렇기 때문에 '성군聖君의 군대는 천하에 막을 자가 없다'고 말했습니다. 그리고 좌현왕을 이해하며 자식들을 보내지 못하는 것은 인지상정이라고 했습니다. 마님께 승상의 큰 은혜를 체득하고, 천하를 통일하려는 승상의 기대를 이해해야 한다고 하며, 국사를 더욱 중요시하고 천하의 아이들을 제 자식처럼 아끼도록 권했습니다. 이외에도 많은 이야기를 했지만 안타깝게도 저는 전부 기억하고 있지 못합니다.

조조 (문희를 향해) 문희 부인, 시금이의 말이 사실이오?

문희 요점만을 말했습니다. 솔직히 말씀드리면, 동 도위의 말은 저를 감동시켰고 더군다나 몰래 엿듣고 있던 좌현왕도 크게 감동시켰습니다. 좌현왕이 갑자기 나타나 동 도위에게 큰절을 했습니다. 그리고 매우 감동하여 자신이 차고 있던 검을 동 도위에게 주며 앞으로는 한나라와 사이좋게 지내겠다고 동 도위 앞에서 맹세했습니다.

조조 (크게 감동하며) 그러고 보니 좌현왕은 걸출한 인물이구려. 시금이와 시서, 너희들도 확실히 그 말을 들었느냐?

시금·시서 (동시에) 확실히 그렇게 맹세하셨습니다.

문희 일이 그렇게 되니, 동 도위도 감격해서 자신이 차고 있던 옥구검을 풀어 좌현왕에게 주었고 그것은 조 승상께서 자신에게 상으로 내리신 것으로, 자신의 목숨보다도 아끼고 소중히 다루는 물건이라고 말했습니다.

조조 (크게 깨달으며) 아니, 그랬던 것이구나!

문희 이제 그 의복에 대해서 말씀드리겠습니다. 그것은 진심으로 사랑하는 친구에게 자신들의 민족의상을 선물하는 것으로 흉노족의 관습입니다. 좌현왕은 흉노의 관습대로 동 도위에게 흉노 복장을 선물하고 입도록 했습니다. 동 도위도 순간의 감격으로 자신이 입고 있던 의관을 벗어서 좌현왕에게 건넸을 뿐, 이것이 조정의 관복을 함부로 타인에게 주는 것으로 생각하지 않았습니다. 저를 꾸짖어 주십시오. 그 당시에 저도 미처 깨닫지 못하고 옆에서 말리지 않았습니다.
......

　　문희가 진술하는 동안 무대 위 사람들의 표정은 제각기 다르다. 조조는 감동과 깨달은 듯한 표정을 하며 때로 생각하는 듯한 표정이다. 주근은 의심에서 당황하는 표정으로 변했다가, 실망하는 표정을 짓는다. 조비는 침착하여 감정이 얼굴에 드러나지 않는다. 시서와 시금은 가끔씩 서로를 쳐다보며 문희에게 관심을 보이거나 주근에게는 의혹의 눈초리를 보낸다. 그녀들은 이 일이 주근의 중상모략이라는 것을 알아차렸다.

조조 (문희의 말을 중간에서 자른다) 문희 부인, 모든 사실을 알겠소. 고맙소. 오늘 이렇게 때맞춰 왔으니 망정이지, 안 그랬으면 나는 한쪽 말만 믿고 무고한 사람을 죽일 뻔했소. (조비를 향해) 자환아, 붓과 간독을 꺼내 칙령을 받아 쓰거라.

조비 (붓과 간독을 꺼내들고) 아버님, 말씀하십시오.

조조 "화음령華陰令은 즉시 둔전도위 동사에게 전하라. 도위는 사신으로 남흉노에 가서 조정의 공덕을 칭송하고 채염을 맞이하여 먼 곳에서 모셔오는 대공을 세웠으니, 장안 전농중랑장으로 승급케 하라. 상처가 완쾌하는 대로 어서 돌아와 집무를 시작하라. 지체해서는 안 된다! 건안 13년 4월 21일."

조비가 받아 적고, 조조에게 서명을 부탁한다.

조조 (조비를 향해) 사람을 보내 준마를 골라 오늘밤 안으로 달려가 화음에 건네주도록 하여라. 반드시 쫓아가 앞

의 명령의 취소시키도록 해라. 실수는 용납하지 않겠
다. (주근을 향해) 주근! 네 죄를 알렸다?

주근 (머리를 조아리며) 소신은 황송할 뿐입니다. 죽어 마땅
합니다.

조조 한나라가 남흉노와 화친하기는 쉽지 않은 일인데,
너의 모략으로 하마터면 모든 것이 물거품이 될 뻔
했다.

문희 승상님, 주근 사마도 다른 뜻이 있어서 그런 것이 아
니라 그저 자신이 추측했을 뿐입니다. 진상이 밝혀졌
으니 승상님께서 널리 용서하여 주시옵소서.

조조 좋소. 내 생각이 짧았던 탓도 있고 문희 부인이 이렇
게 부탁하니 어쩔 수가 없구려. 자환아, 주근을 데리
고 나가 관대하게 처벌하도록 하라.

주근 (다시 머리를 조아리며 감사를 드린다) 승상님의 큰 은혜
망극하옵니다. (고개를 돌려 문희에게도 인사한다) 문희
부인, 감사합니다.

문희는 아무 말 없이 답례한다. 주근은 조비를 따라 퇴장한다.

조조 (아주 부드러운 어조로 문희에게) 문희 부인, 정말 수고
많았구려. 집사람에게 인사하도록 하지. 자네를 무척

그리워했어.

문희 승상님, 감사합니다. 그런데 아뢸 말씀이 하나 더 있습니다.

조조 무슨 일이오?

문희 시금과 시서는 저를 두 달 가량 보살펴 주었습니다. 그녀들에게 감사하고 승상님께도 깊은 감사를 드립니다. 이제는 혼자서도 생활할 수 있으니 승상부로 들어가 일하도록 하십시오.

조조 아, 별일 아니구려. 자네도 보살펴주는 사람이 없으면 안 되니 시금만 남겨두고 시서는 다시 데려가도록 하지. 내실에 들어가서 다시 천천히 의논하도록 합시다.

조조가 앞서고 두 시녀는 채문희를 부축하여 그 뒤를 따라 퇴장한다.

—막이 서서히 내린다

제
5
막

＊ː◦》◦｛◇ː＊

　　위왕부魏王府의 송도관(제4막의 3장과 같은 무대배경). 때는 8
년이 지난 건안 21년(216년)의 어느 가을날 점심 무렵. 정원에
는 계수나무꽃, 국화 등이 만발해 매우 아름답다. 그 해에 조조
는 위왕에 봉해지고 호주천선우는 축하하러 한나라에 입조한
다. 그를 업하에 남게 하고, 우현왕 거비를 돌려보내 흉노를 다
섯 개의 부로 나누고 귀족들을 관리로 임명한다. 그리고 한인
을 사마로 두어 감독하게 한다. 송도관은 이때 채문희의 거처
가 되었다. 송도관 내 배치는 약간의 변화가 있다. 책이 많아졌
고 서가에는 메뚜기(탕건宕巾이나 책갑, 활의 팔찌 따위에 달아서
물건이 벗어지지 않게 하는 기구. 흔히 뿔을 깎아서 만듦)가 가득
하다. 벽에는 채옹의 초상화와 초미금도 걸려 있다. 여러 가지
분재와 골동품도 있다.

시금은 실내에서 청소를 하고 국화와 계수나무꽃을 따다가 꽃병의 꽃을 갈아준다. 채문희는 바닥에 앉아 책상을 마주하고 글을 쓰고 있다. 가끔 소리를 내어 읊어보기도 한다.

문희 (시를 읊는다)

꽃다운 나이에 흉노로 떠나니 눈물이 말안장을 적시고

십이 년의 세월을 모래바람 이는 장막에서 지냈네.

덕이 깊은 왕은 인재를 찾기 위해 애쓰며

천금으로 나를 구해 다시 좋은 시절을 누리게 하누나.

자식들과 이별하니 통곡소리가 호가胡笳보다 더 높았으나

다행히 오늘은 온 가족이 다시 모였네.

봄의 난초와 가을 국화가 서로 아름다움을 뽐내고

훈풍은 끝없이 불어와 천지를 푸르게 하는도다.

변후가 정원에 들어서고, 시서가 그 뒤를 따른다.

시금이 이 두 사람을 먼저 발견하고 문희에게 알린다.

시금 마님, 왕후마마께서 오셨어요.

문희 (자리에서 일어나 계단을 내려와 맞이한다) 왕후마마, 문
 안드립니다!

변후 (답례하며) 아, 문희 부인, 또 시를 짓고 계셨네.

 시서가 문희에게 인사하고 송도관의 계단을 올라가 시금이
 물건 정리하는 것을 도와준다.

문희 《호가십팔박》을 새로 써서 승상님의 위대한 업적을
 기리고 싶은데 잘 되지 않습니다.

변후 방금 자네가 읊은 시가 훌륭하지 않은가? (시금에게)
 시금아! 문희 부인이 방금 읊은 그 시를 갖고 오너라.

시금 (곧바로) 네, 곧 가져가겠습니다. (책상에서 시와 악보를
 함께 가지고 계단을 내려가 변후에게 준다)

변후 (시를 받아 들고 한 번 본다) 악보도 같이 썼네.

시금 마님은 시를 쓸 때마다 악보도 같이 씁니다.

변후 재주가 많은 사람들은 이래서 좋아. (시를 읊는다) 잘
 됐네. 시금아, 얼른 이 시를 동작대銅雀臺에 보내 가기
 歌伎들에게 연습을 하도록 이르거라. 위왕께서 곧 쓰
 시게 될지도 몰라.

 시금이 시와 악보를 받아든다.

문희 아직 한 수밖에 못 지었는 걸요.

변후 한 수라도 좋네. 꼭 열여덟 수를 맞출 필요는 없잖은 가. 시금아, 얼른 다녀 오거라.

시금이 퇴장한다.

문희 마마님, 안에 들어가서 좀 앉으시죠?

변후 아니네. 시원한 이 가을날에 그냥 정원에서 산책하면 서 얘기 나누는 게 얼마나 좋은가?

문희 네, 그렇습니다. 가을이 되니 모든 것이 옥과 수정으 로 둘러싸인 듯하여 시원하면서도 따뜻한 느낌이 듭 니다.

변후 나는 가을을 무척 좋아하는데 문희 자네도 그런가 보네.

문희 가을은 수확의 계절이라 백성들도 좋아할 것 같습 니다.

변후 흉작이 들었을 때는 다르지.

문희 다행히도 최근에는 해마다 풍년입니다. 사람마다 장 수하고 해마다 풍년이니 정말 경사가 겹쳤습니다.

변후 그래, 자네도 큰 성과를 거둔 것을 축하하네. 자네가 아버님의 저서 400여 편을 모두 기억해내 책을 펴냈

다고 들었네. 《속한서》를 편찬하는데도 귀중한 자료
들을 제공했다면서? 정말 대단하네.

문희 모두 승상님께서 격려해주신 덕분입니다.

변후 참 자네에게 좋은 소식 전하러 왔는데. 남흉노의 호
주천선우께서 친히 위왕께 경하드리러 왔다네. 어제
도착했어.

문희 벌써 도착했어요? 정말 잘됐군요.

변후 오늘 오전에 위왕께서 그들을 접견한다고 들었네. 동
사도 함께 왔다고 하던데.

문희 (더욱 기뻐하며) 동사도 함께 왔어요?

변후 동사는 장안에서 돌아와 업무를 보고할 예정인데 이
번에 호주천선우와 함께 온다네. 자네들도 7,8년간
서로 못 만났지?

문희 네. 남흉노에서 돌아온 지 벌써 8년이란 세월이 흘렀
군요.

시금이 등장하여 변후와 문희에게 다가온다.

시금 여기서 나가자마자 마침 동작대의 악사를 만나 가사
와 악보를 모두 건네줬어요. 그녀가 받아보더니 너무
훌륭하다고 하면서 곧 연습하겠다고 하더군요. 가사

가 길지 않고 악보도 있으니 금방 연주할 수 있다고
합니다.

변후 잘됐구나. 그래 우린 상관 말고 가서 일 보거라.

시금은 변후의 분부대로 송도관에 올라간다. 시서가 이미 청
소를 끝낸 것을 보고 두 사람은 손을 잡고 내실로 들어간다.

변후 어제 저녁에 승상께서 동사의 다리 부상은 완쾌되었
다고 하셨네. 다행히도 불구는 안 되었다고 하네. 그
리고 오늘 호주천선우를 접견한 후에 자네에게 좋은
선물을 주겠다고 하시더군. 그래서 무슨 선물이냐고
물었더니 내일이면 곧 알게 될 거라고만 하시고 알려
주지 않았어.

문희 승상께서 그리 신경 써주시니 감사드립니다. 제 아이
들에 관한 소식은 없는지요?

변후 또 애들 생각이군.

문희 예. 애들을 두고 온 지 벌써 8년이 되었습니다. 3년
전 좌현왕이 흉노를 침략한 선비족을 물리칠 때 중상
을 입어 치료를 했지만 아무런 소용이 없었다는 소식
을 들었습니다. 그 소식을 듣고 나서 한동안 마음이
아팠지만 지금은 괜찮아졌습니다. 그런데 또 들리는

소식에 딸아이가 죽었다고 하고, 아들도 죽었다고 하니 도무지 믿어야 할지 말아야 할지 모르겠습니다. 생각하고 싶지도 않습니다.

변후 이번에는 확실하게 알 수 있을 테니 걱정하지 말게.

문희 이번에는 동사도 함께 돌아온다고 하니 분명 제 대신 애들 소식을 알아올 거예요. 하지만 혹시라도 애들이 정말 죽었으면 어쩌나 걱정이 됩니다. 정말 그렇다면 지난 8년간 진정시킨 마음은 다시 허물어져 내려앉아 버릴 것 같습니다.

변후 좋은 쪽으로 생각하게나. 그래도 요즘은 나아졌지. 십몇 년 전 아니 이십 년 전만 해도 온 마을사람이 다 죽고 마을이 불타버리기도 하고, 수만 호가 되던 군현에 겨우 몇 백 호 살아남고 다 죽는 일도 있지 않았는가. 승상이 쓰신 시에 '백골만이 들에 가득하고, 천리를 가도 닭 울음소리가 안 들리네' 라는 구절을 잘 알고 있지 않나?

문희 (고개를 끄덕인다) 이모님도 걱정됩니다. 이모님 소식은 아무것도 듣지 못했어요.

변후 '착한 사람은 하늘이 돕는다' 고 하지 않나. 이모님은 좋은 분이니 분명 괜찮으실 거네. 다행히도 이번에는 확실하게 알 수 있겠군. 내가 어제 승상께 자네와 동

사가 만날 수 있도록 자리를 마련해달라고 부탁드렸
네. 승상께서는 응당 그렇게 해주시겠다고 하셨네.
그러니 곧 만나볼 수 있게 될 거네.

문희 왕후마마, 정말 감사합니다.

이때 시금과 시서가 내실에서 바둑판과 바둑알을 들고 나와
송도관의 회랑 한쪽 모퉁이에 내려놓는다.

시금 마님! 왕후마마와 바둑을 한 판 두시지요.

문희 어떠셔요, 마마?

변후 좋아. 허나 내가 못 당해낼 테니 먼저 일곱 점을 놓고
시작하지.

문희와 변후가 송도관 계단을 오른다. 회랑에 마주보고 앉아
서 바둑을 둔다.

시서와 시금은 옆에 무릎을 꿇고 앉아서 관전한다.

잠시 후에 왕의 복장을 한 조조가 호아, 호녀를 데리고 등장
한다. 그 뒤로 오관중랑장 조비와 장안 전농중랑장 동사가 등
장한다. 호아는 열여섯 살이고 호녀는 아홉 살이다. 시종 몇 명

이 뒤를 따른다.

조조 (송도관에 있던 사람들이 눈치 채지 못하고 있는 사이,
멀리서부터 부른다) 문희 부인, 여기 생각지도 못할
선물을 가지고 왔소!

송도관에 있던 사람들이 부르는 소리를 듣고 쳐다본다. 문희
와 변후가 즉각 계단을 내려가 맞이한다. 시금과 시서는 바둑
판과 바둑돌, 탁자 등을 정리하여 내실로 들어간다. 방석을 들
고 나와 송도관에 자리를 마련한다. 정중앙에 자리 넷을, 좌우
로 각각 둘씩 자리를 마련한다.

조조 (이도지아사 남매에게) 어서 가서 어머님께 인사드리렴.

이도지아사 남매는 사람들을 뒤로 하고 문희를 향해 달려간
다. 문희 앞에 가서 한 쪽 무릎을 꿇고 예를 행한 후 고개를 들
어 문희를 본다.

호아 어머니, 어머님의 아들 이도지아사가 왔습니다.
호녀 엄마, 딸 소희도 왔어요.
문희 (처음에는 의아해 하다가 곧 눈물이 왈칵 쏟아진다) 아, 이

도지아사야! 소희야! (앞으로 가서 아이들을 안는다)

모자는 너무 기뻐 눈물을 흘린다. 나머지 사람들은 이 광경을 지켜보고 깊은 감동을 받는다.

문희 (차츰 안정을 찾는다. 아이들을 부축해 일으킨 후 변후에게 인사시킨다) 이 분이 왕후마마시다. 할머니라고 부르도록 하여라.

호아·호녀 (변후에게 가서 한 쪽 무릎을 꿇고 예를 올린다) 할머님, 천수를 누리십시오.

변후 (인사를 받은 후 애들을 부축해 일으키며) 오, 정말 너무나 소중한 선물이로구나. 이도지아사야, 이렇게 늠름하게 자라다니. 올해 나이가 몇이더냐?

호아 열여섯입니다.

변후 (호녀에게) 소희는 몇 살이지?

호녀 할머님, 소녀는 아홉 살입니다.

변후 정말 총명한 아이들이로구나. (문희에게) 문희, 너무 기쁘겠구려.

문희 정말 감사드립니다. (이때 조조 및 다른 사람들에게도 차례로 인사를 한다)

조조 우린 함께 소나무 숲으로 가 좀 걷도록 하지.

문희 제가 길을 안내하겠습니다.

조조 (막아서며) 아니오. 자네는 애들과 함께 여기에서 얘기나 나누도록 하시게. (동사에게) 동 중랑도 여기에 남아 함께 얘기를 나누게. (갑자기 깨달은 듯) 아차, 왕후에게 인사를 하게나. (변후에게 소개한다) 여기는 장안전농중랑장 동사요.

동사 (변후에게 인사한다) 소신 동사 왕후마마께 인사드립니다.

변후 (답례한다) 고생이 많으셨습니다. 그냥 여기에 남아 계시지요. 장안에 대한 얘기는 다음에 듣도록 하지요.

동사 예, 그렇게 하겠습니다.

　　문희, 호아, 호녀, 동사는 후원에 남아 있다. 다른 사람들은 천천히 송도관 후원의 소나무 숲길로 걸어 들어간다.

문희 (동사에게) 공윤, 다리의 부상은 다 나으셨나?

동사 완쾌되었습니다. 누님, 정말 고맙습니다. 제 목숨을 누님께서 구해 주셨다는 사실을 이번에 업하에 와서야 비로소 알았습니다.

문희 아니, 그건 조 승상께 감사를 드려야지.

동사 물론 당연히 감사를 드려야겠죠. 누님 혹시 알고 계

셔요? 이도지아사와 소희 남매가 앞으로 여기서 살게
되었습니다.

문희 뭐라고? 흉노로 돌아가지 않아도 된다고?

호아 예. 방금 전에 조 승상과 호주천선우께서 상의하여,
선우님과 우리는 이곳에 남고 대신 우현왕 거비를 돌
려보내기로 했습니다. 이제부터 흉노와 한나라는 정
말 한 가족입니다.

문희 정말 너무 잘 되었구나. 그런데 이모님은?

호녀 재작년 여름에 상한증傷寒症*으로 돌아가셨어요.

문희 (놀라며) 돌아가셨다고?

호녀 예, 이모할머니께서는 돌아가셨어요. 재작년 여름에
제가 먼저 상한증에 걸렸는데 이모할머니께서 저를
정성으로 간호해주셨죠. 그 덕분에 저는 다 나았는데
이모할머니께서 앓아눕게 되었어요. 모두들 제가 이
모할머니께 병을 옮겼다고 했어요. 이모할머니께서
는 저 때문에 돌아가셨어요.

호아 이모할머니께서 임종 때 동생이 아직도 어리니 제가
잘 돌봐야한다고 당부하시고 아버지처럼 훌륭한 사
람이 되어야 한다고도 말씀하셨어요. 또 책임을 다하

* 상한증 : 장티푸스.

지 못하고 돌아가시게 되어 어머니에게 미안하다고
말씀하셨어요.

문희 (눈물을 흘린다) 이모님이 너희를 위해 자신을 희생하
셨구나. 나야말로 해야 할 도리를 다 못했구나.

호아 (품에서 작은 청동거울을 꺼낸다) 어머니, 이 거울은 어
머니께서 남기신 거지요. 제가 다시 가지고 왔습니다.

문희 어, 이건 내가 너희 아버지께 증표로 드린 것인데.

호아 아버지께서 임종 때에 저희에게 나중에 커서 반드시
한나라로 가 어머니를 뵈어야 한다고 말씀하셨어요.
이 거울을 품속에서 꺼내시더니 어머니를 뵙게 되면
이 청동거울을 동사 아저씨께 드리도록 허락하시기
바란다고 말씀하셨습니다.

문희 아버지께서 그렇게 분부했단 말이냐? 그럼 아버님의
유언대로 따를 수밖에.

　　호아, 호녀는 청동거울을 동사에게 건네준다. 동사는 경건한
태도로 받는다.

호아 어머니, 여기 보검이 있습니다. (허리에 차고 있는 옥구
검을 가리킨다) 이 보검은 동사 아저씨가 아버지에게
선물하신 거래요. 아버님이 돌아가실 때 저에게 주셨

습니다.

문희 아버지의 깊은 뜻을 알겠니?

호아 제 생각에는 정의를 수호하고 외적을 물리쳐 아버님
의 원수를 갚으라는 뜻인 것 같습니다.

문희 너희 아버지께서 이제는 편히 눈을 감으실 수 있겠
구나.

이때 조조와 나머지 사람들이 송도관 뒤에서 나온다. 문희
는 눈물을 훔치고 아이들과 동사는 그들을 맞이하러 간다.

조조 (문희가 운 것을 보고) 문희 부인, 모든 소식을 다 들었
소? 그래서 울고 있는 거군. 자네가 동사에게 다시는
슬퍼하지 않겠다고 맹세했다고 하지 않았는가? 세상
사람들의 기쁨을 함께 기뻐하겠다고도 하지 않았는
가?

문희 승상님의 깨우침에 감사를 올립니다. 하지만 지금 제
가 우는 건 슬픔 때문만은 절대 아닙니다. 조사랑 이
모는 돌아가셔서 성모聖母가 되셨고, 좌현왕은 돌아
가셔서 영웅이 되셨습니다. 그들은 청사에 길이 남을
것입니다.

조조 옳다, 옳아. 자네 말이 옳아! 살아 있는 우리는 언제

나 성모, 영웅에게 부끄러움이 없어야 해! 멋진 시 한 수를 또 지었다고 해서 내가 동작대 가기들에게 공연을 준비시켰으니 감상하도록 하지.

문희 (변후에게) 왕후마마, 그 시를 승상께 알리셨나요?

변후 내 일렀지.

문희 아직도 손볼 곳이 많은데.

변후 아니오. 아주 훌륭하오. 가기들이 무대로 올라왔으니 우리 모두 즐겁게 감상합시다.

가기들이 회랑에서 입장하여 송도관으로 들어온다. 이때 송도관에 임시 무대가 설치된다. 시금과 시서가 송도관의 방석을 걷어 들이고, 현고懸鼓를 메고서 무대 앞 한 모퉁이에 둔다. 계단을 내려가 변후와 문희 뒤에 나란히 선다.

가기들 (모두 여자로 구성되었으며, 각각 조선의 가야금처럼 생긴 큰 쟁을 안고 있다. 연주자는 자리에 앉아 가야금을 타는 방식으로 연주한다. 지휘자 또한 여자로, 현고를 세운 후 북을 치며 박자를 맞춰 지휘를 대신한다. 모두 연주하며 노래도 곁들인다)

꽃다운 나이에 흉노로 떠나니 눈물이 말안장을 적시고

십이 년의 세월을 모래바람 이는 장막에서 지냈네.
덕이 깊은 왕은 인재를 찾기 위해 애쓰며
천금으로 나를 구해 다시 좋은 시절을 누리게 하누나.
자식들과 이별하니 통곡소리가 호가보다 더 높았으나
다행히 오늘은 온 가족이 다시 모였네.
봄의 난초와 가을 국화가 서로 아름다움을 뽐내고
훈풍은 끝없이 불어와 천지를 푸르게 하는도다.

조조와 사람들은 세 조로 나누어 감상한다. 조조, 호아가 한 조가 되고, 조비, 동사가 또 한 조가 되며, 변후, 문희, 호녀, 시금, 시서가 한 조가 된다. 각 조마다 앉은 사람과 일어선 사람을 적절히 배치하면 된다.

노래와 춤이 끝나자 사람들이 박수를 친다. 곧이어 노래와 춤이 반복된다.

조조 가사가 아주 좋아, 악보도 훌륭하고. 연주 역시 기가 막힌 걸. 오늘밤 호주천선우 환영 연회에서 이걸 공연하면 좋겠어. 제목은 《중도방화重睹芳華》로 정하는 게 어떨까? 문희 부인 생각은 어떠시오?
문희 제목이 아주 좋습니다. 승상께서 결정하십시오.

조조 좋소, 그럼 제목을 이렇게 정합시다. 헌데 내가 또 한 가지 제목이 생각났는데. 《생사원앙生死鴛鴦》이라고. 문희부인 당신들이 공연을 해주지 않겠소?

문희 어떤 내용입니까?

조조 바로 자네들 이야길세. 문희가 흉노로 들어가 슬픔의 늪에서 헤맬 때 동사가 구해주지. 동사가 오해를 사 억울하게 죽음을 당할 뻔할 때 이번에는 자네가 동사를 구하네. 좌현왕이 임종 때 동사가 선물한 옥구검을 아들에게 남기고, 자네가 그에게 준 청동거울을 동사에게 전해주라고 하는데, 이는 그가 자네들의 중매를 서겠다는 뜻이 아니겠는가? (사람들을 돌아보며) 오늘은 네 가지 기쁨이 이곳에 이르렀소. 호주천선우가 조회하러 오니 우리는 한 가족이 되었고, 《호가십팔박》에 이어 《중도방화》가 완성됐고, 원앙처럼 생사를 같이 하러 거울과 검이 만났으며, 천하대세가 반전되어 모자가 상봉을 하게 되었소. (변후에게) 부인, 동공윤이 아직 장가들지 않았고 채문희도 슬픔이 사라졌으니 하늘이 맺어준 연분 아니오! 우리 노부부가 하늘을 대신해 그들을 맺어줍시다!

조조는 앞으로 가 동사를 끌고 오고, 변후도 문희를 데려 온다. 무대 정중앙에서 그 둘은 서로 마주보고 손을 잡는다.

　　호아, 호녀가 앞으로 나가 관객들을 향해 무릎을 꿇고 예를
올린다.

호아 (오른손을 높이 들고 우렁차게 외친다)

　　세상의 모든 부모들이 영원히 건강하시길 축원합
니다!

　　세상 사람들이 모두 영원히 행복하길 기원합니다!

　　위왕, 왕후시여! 천년만년 장수하소서! 천년만년 장
수하소서!

　　무대에서 모두 한 목소리로 크게 외친다. 마지막 부분에서
조조와 변후는 침묵한다. 조조는 두 손을 높이 들어 무대와 관
객을 향해 답례하고, 변후는 고개를 숙이고 옷깃을 여며 겸손
함과 온화함을 드러낸다.

　　　　　　　　　　　　　　　　　　　—막이 내린다

　　　　　　　　　　　　(1959년 2월 9일 광주에서 탈고)

　　　　　　　　　　　　(1959년 5월 1일 북경에서 완성)

작품 《채문희》에 대하여

어릴 적 처음 글자를 배울 때, 《삼자경三字經》을 읽다가 '금琴에 조예가 깊은 채문희'의 고사를 접한 적이 있다. 60여 년이 지난 지금 내가 채문희 얘기로 희곡을 쓰게 되리라고는 생각지도 못했다. 이 희곡작품에 나의 경험이 반영되었음을 부인하지는 않겠다.

프랑스의 작가 구스타브 플로베르는 유명한 소설 《보바리 부인》의 작가다. 그는 "보바리 부인은 나의 화신이다! ─ 나를 모델로 쓴 것이다"라고 말했다. 나도 그처럼 이런 말을 하고 싶다. "채문희는 나의 화신이다! ─ 나를 모델로 쓴 것이다."

하지만 플로베르와 나는 다르다. 플로베르가 보바리 부인을 자신의 화신이라고 말했던 것은 그 소설이 그의 상상에 의존해 쓴 것이었기 때문이다. 그래서 그는 이런 말을 한 적이 있다. "《보바리 부인》의 내용 중 사실은 없다. 완전한 허구이며 그 속에 내 감정이 녹아 있는 곳은 없다. 또한 내 생활이 반영된 부분도 없다."

《채문희》는 이와 정반대이다. 《채문희》의 태반은 사실에 근거한 것이다. 그리고 그 중에는 나의 감정이 개입된 부분이나 내 인생이 반영된 부분도 많다. 이는 굳이 말하지 않아도 독자들이 충분히 느낄 수 있을 것이다. 내 인생에도 채문희와 비슷한 경험이 있어 채문희의 감정을 이해할 수 있었다. 하지만 이러한 점들을 반영하면서 특히 시대성에 주의를 기울였다. 채문희가 살던 시대와 지금은 완전히 다르다. 글을 쓰면서 가능한 한 역사적 진실성에 주의하며 내 자신의 경험을 배제하고 나니, 내가 채문희가 되어 그녀의 감정을 느낄 수 있었다. 또한 채문희가 살던 시대와 현재를 연결시키고자 하는 의도는 조금도 없었다. 그렇게 되면 역사주의를 거스르는 것이며 역사적 진실성에 위배되기 때문이다.

인간과 유인원이 신체적으로 닮은 점이 있다는 것은 부정할 수 없는 사실이다. 마르크스도 "인체 해부는 유인원 해부의 열쇠가 될 것이다"라고 말했다. 그러므로 희곡 《채문희》를 읽거나 연극으로 보게 될 독자 혹은 관객들이 현실과 희곡 사이에서 일련의 연상을 하게 되는 것은 당연하다. 시대적 구분에 대해서는 가능한 한 객관적인 입장을 취했다. 독자 혹은 관객들도 객관적인 태도로 감상해주기를 바란다.

또 한 가지 밝히고 싶은 점이 있다. 내가 《채문희》를 쓴 목적이 조조의 명예를 회복시켜 주기 위해서라는 것이다. 조조는 중국 민족과 문화 발전에 크게 공헌한 인물이며, 봉건시대를 산 위대한 역사적 인물이다. 하지만 우리는 송대 이후의 정통관념의 영향으로 조조에 대해 불공평한 평가를 해왔다. 특히 《삼국연의三國演義》와 연극 등을 통해 조조는 간신의 전형적인 인물로 묘사되어 흰 얼굴*을 가진 모습으로 나왔다. 심지어는 세 살 먹은 아이들조차도 조조를 욕한다.

지금은 그때와 다르다. 그러므로 우리는 조조에 대해 공정한 평가를 해주어야 한다. 그래서 나는 《조조 명예 회복기》를 썼고, 이것이 《채문희》에 등장하는 조조 모습의 기초가 되었다. 아직도 조조에 대한 평가가 엇갈리고 있지만 나는 그런 평가의 차이가 점차 좁혀질 것이며, 결국 사라지게 될 것이라고 믿는다.

과거의 정통관념으로 조조를 평가하는 것은 시대에 어긋나므로 거론할 가치가 없다. 오늘날의 평가의 차이는 새로

---

* 경극과 같은 전통극에서 간신은 흰 얼굴로 분장한다.

운 관점에서 나온 것으로, 비로 조조의 황건농민기의군 평정에 대한 견해 차이에서 비롯되었다. 이 문제에 대해 조금이라도 새로운 역사관을 가지고 있다면 아무도 조조가 황건기의를 평정한 것에 찬성하지 않을 것이라는 점은 분명하게 말할 수 있다. 다만 다른 점이 있다면 황건기의군 평정 이후 조조가 취한 일련의 조치에 대해 어떻게 평가해야 하는지를 고민해야 한다는 것이다.

오늘날 역사 연구나 역사적 인물에 대한 평가는 역사유물주의와 실사구시에 입각하여 이루어져야 한다. 지금의 기준으로 조조나 황건농민기의를 평가하는 것은 옳지 않다. 예를 들어, 황건농민기의는 1700~1800년 전의 봉건시대에 '경자유기전耕者有其田(농사짓는 자가 땅을 소유하게 하라)'이라는 정치 강령을 내세워 일으킨 토지혁명이었다고 평가하는 이들도 있다. 이는 시대적 과제를 일천 년이나 앞당긴 것으로 역사적 사실과 부합하지 않는다.

중국은 장기간 봉건통치 하에 놓여 있었고, 역대 농민기의는 그 자체가 역사 발전의 과정이었다. 봉건제도 초기의 진섭陳涉·오광吳廣의 기의,[*] 적미赤眉·동마銅馬의 기의,[**] 황건 기의,[***] 이밀李密의 기의,[****] 황소黃巢의 기의[*****]를 비롯한 기타 농민기의에서는 토지문제가 거론된 적이 없다. 요약해서 말하면, 그들은 모두 기존의 통치자들이 썼던

방법으로 다시 통치자들을 공격하고 대신 통치자의 자리를
빼앗는 식이었다. 그들은 시대적 제약으로 봉건 사상을 뛰
어넘지 못했다. 봉건제도 후기, 북송 이후에는 상황이 조금
달라졌다. 북송 초기의 이순李順 · 왕소파王小波, 명 말의 이
자성李自成, 청대의 태평천국太平天國 기의 때에는 '균재부均
財富(고른 부의 분배)', '균전均田(고른 땅의 분배)', '균산均産
(고른 재산의 분배)'을 주장하였으며, 한때 실현된 적도 있었
다. 이는 실질적으로 농민의 평등주의를 반영한 것이다. 하
지만 무산계급이 주목받지 못하는 시대였으므로 이러한 구
호는 공허한 외침에 불과했다. 설사 실행이 된다고 해도 장
기간 지속은 불가능했다. 손중산孫中山 선생이 주장했던
'평균지권平均地權(토지소유권의 평등 분배)'과 '경자유기전'
도 구호에 그치고 말았다. 중국에서 일어난 역대 농민기의

---

* 진섭 · 오광의 기의 : 중국 역사상 처음 발생한 농민기의로, 기원전 209
년 중국 진秦나라 말기에 시황제始皇帝가 죽은 뒤 일어났다.
** 적미 · 동마의 기의 : 중국의 왕망王莽이 세운 신新나라 말기에 일어난 농
민기의. 눈썹을 붉게 물들였기 때문에 적미의 무리라 불렀다.
*** 황건 기의 : 후한 서기 184년 2월, 관리들의 착취와 가뭄, 그리고 기근 등
으로 인해 유랑민으로 전락하게 된 농민들을 중심으로 일으킨 기의.
**** 이밀의 기의 : 이밀은 중국 수隋나라 말의 군웅으로, 서기 618년 당 고조
때 일으킨 기의.
***** 황소의 기의 : 중국 당唐나라 말기에 일어난 농민기의로 당나라를 근본
적으로 붕괴시키는 계기가 되었다.

는 역사 발전의 한 과정이므로 이에 대해 정확히 이해해야 비로소 역사적인 사실과 인물에 대해 정확한 평가를 할 수 있다. 이렇듯 전체적인 발전선상에서 문제를 분석해야 역사유물주의에도 부합하며 정확한 평가를 할 수 있는 것이다. 그렇지 않으면 부정적인 방향으로 나갈 수 있다.

동한 말년에 많은 의병 지도자들이 군사를 일으키고 자신을 왕이나 황제로 칭하였으나, '균산', '균전' 등의 정치 강령을 내세운 이는 아무도 없었다. 북송 이후의 수차례 농민기의도 이와 같았다. 기의의 목적은 물질적인 풍요로움이나, 혹은 조조가 《대주對酒》라는 시에서 말했던 것처럼 '술을 마주하고 노래하니, 태평시절에는 왕이 어질고 현명하니라', 즉 새로운 황제가 나타나 기존의 잘못된 황제를 폐하여 백성들이 평안히 살면서 즐겁게 일하는 사회를 만들려는 취지에서였다. '창천蒼天은 이미 죽고, 황천黃天이 이를 대신하네. 갑자년이 되면, 천하가 태평하리'라고 말할 수도 있다. 나는 이러한 인식 하에 조조가 비록 황건농민군을 정벌하였으나 황건 기의 목적 자체를 위배하지는 않았다고 여긴다.

사람은 변하는 법이다. 조조가 황건 기의를 평정했지만 어느 정도 농민기의의 영향을 받아 어쩔 수 없이 백성이 기뻐할 수 있는 길을 선택하였다는 것을 부정할 수는 없다.

조조는 《술지령逃志令》을 통해 개인적인 바람을 밝혔다. 그는 한때 지방에 은거하는 학자가 되고 싶어 했다. 후에는 공을 세워 제후가 되고도 싶어 했고, 다시 정서장군征西將軍이 되고 싶다고도 했다. 하지만 결국 대세에 따라 권세를 가진 자들을 물리치고 합병했으며, 재상이 되어 중국 북부를 통일하는 과업을 이뤄냈다. 이를 통해 객관적인 상황이 조조를 계속해서 변화시켰음을 알 수 있다. 그는 또한 "이 나라에 내가 없었다면 몇 사람이나 황제가 되고 제왕이 됐을꼬"라고 말했다. 그래서 결국 그는 제왕이 되었고 그의 아들인 조비는 황제가 되었다. 조비가 황제에 오른 후 연호를 '황초黃初'라 하였는데, 물론 이는 오행설의 영향을 받은 것으로 초현譙縣에 황룡黃龍이 출현한 것과 관련이 있다. 그러나 '황천이 이를 대신하네'라는 부분과도 일맥상통하는 점이 있는 듯하다. 그러므로 나는 '비록 조조가 황건 기의군을 물리쳤으나 조조가 황건 운동을 계승했다고도 말할 수 있다'고 생각한다.

나는 이것이 분명 조조의 공적이라고 생각한다. 한나라 말 붕괴된 사회가 조조의 노력으로 안정을 찾아갔다. 황하 유역의 생산 질서도 회복되고 발전을 거두었으며, 집을 잃고 헤매던 백성들은 정착해 편안히 살 수 있게 되었다. 조조가 황건 기의를 정벌하였으나, 황건 농민들은 그를 비호

하였다. 황건기의군을 재편성해 조직한 청주병靑州兵은 원래 병력이 그다지 강하지 않았으며, 규율도 그다지 엄하지 않았다. 하지만 나중에 재조직을 통해 확실히 달라졌다. 청주병은 조조 휘하에서 27~28년간을 전장에서 지냈으며, 여러 차례의 사투에서 승리를 거두었다. 하지만 조조가 죽자(건안 25년), 천하에 큰 난리라도 일어난 것처럼 북을 치고 대오를 정렬해 떠났다가 권고를 듣고 다시 위나라로 돌아가 군에 복귀하였다. 이 역사적 사실은 조조 생전의 청주병에 대한 각별한 보살핌과 조조에 대한 청주병의 각별했던 충성심을 분명하게 보여준다. 어찌 되었든 조조는 당시 백성들에게 큰 공헌을 하였으며, 민족과 민족문화의 발전에도 크게 기여했다. 전국적으로 널리 행해졌던 둔전제도 외에 조조 통치기간에 진행된 수리사업은 당대뿐 아니라 후대에도 크게 기여하였다. 그리고 조조를 아무리 통렬히 비판하는 사람이라도 그의 문학적 공헌을 부정하는 사람은 없다. 백성의 눈은 가장 공정하다. 백성에게 기여한 자는 백성이 기리기 마련이다. 초현에는 옛날부터 조조의 사당인 위무제묘魏武帝廟가 있었는데 북송 때 민간은 물론이고 왕실의 존경도 받았다. 여기에 대해서는 토론을 통해서 많은 사람들이 상세하게 거론한 적이 있으므로 내가 더 이상 거론하지는 않겠다.

1700~1800년 전의 인물이라는 점을 감안하고 조조의 사람 됨됨이, 재능, 학문, 식견, 생활 태도 등을 본다면 분명 비범한 사람임을 알 수 있다. 예를 들어 장인들과 함께 어울려 검을 만들었을 때, 당시 사람들에게는 웃음거리가 되었으나 지금은 누구도 이를 별로 대수롭지 않게 여긴다. 고대 제왕들이 친히 밭을 경작했던 것과 마찬가지로 일종의 형식으로 본다. 하지만 나는 그런 식으로 문제를 봐서는 안 된다고 생각한다. 조조가 장인들과 함께 검을 만든 것은 동탁을 치기 위해서였다. 조조는 당시 도망 중인 장교였는데 어찌 친히 밭을 가는 제왕과 비교할 수 있단 말인가. 만약 일종의 의식이라면 다른 사람들도 그를 비꼬아 말하지는 않았을 것이다. 나는 이 일을 특히 중요하게 생각한다. 왜냐하면 1700~1800년 전의 지식인이 육체노동을 중시했다는 점은 대단한 일이 아닐 수 없기 때문이다. 지금 비교적 진보적인 지식인과 비교해 봐도 쉬운 일이 아니다. 19~20개월 전에는 모두 육체노동을 하찮게 여기지 않았는가?

역사상 완벽한 사람은 없다. 내가 조조의 업적을 높이 평가하지만 그렇다고 조조의 잘못을 부정한다는 뜻은 아니다. 황건 기의군 정벌은 조조가 한 일 중에 가장 명예롭지 못한 일이었다. 그는 단점도 많다. 이 희곡에서도 동사에게 자결하라는 장면을 통해 조조가 한쪽 말만 믿고 실수로 좋은 사람을 죽일 뻔했던 모습을 표현했다. 이 희곡이 나의 상상에 의해 씌어지기는 했지만 조조가 성격이 조급하여 좋은 사람을 실수로 죽인 일은 분명 사실에 근거한 것이다.

조조와 동시대를 산 사람들은 조조를 지나치게 미화하는 경향이 있었다. 예를 들어 조조의 아들 조식이 쓴 《칠계七啓》의 마지막 계는 아버지를 칭송한 내용이다. 그 구절을 아래에 적어보겠다. 독자들이 참고하기를 바란다.

유능한 재상이 있어 황제를 도와 천하를 통일하니, 천지를 품 안에 안고 일월처럼 밝도다. 기묘한 조화는 귀신 같고 신령스럽네. 은혜가 여족黎族과 묘족苗族에까지 미치고, 위엄은 사해에 진동하네. 은나라와 주나라 때보다 더 흥성하고 복희伏羲씨의 뒤를 이어 세상을 평안케 하도다. 조정이 청렴하고 왕의 위엄은 멀리까지 미친다. 백성들의 바람은 풀과 같고 나의 은혜는 봄과 같다. 물가에는 귀를 씻는 지사가 없고[*], 높은 산에

---

[*] 중국 고대의 전형적인 은사隱士인 허유許由와 소보巢父의 고사. 요 임금이 허유에게 왕위를 물려주려 하였으나 받지 않고 자기의 귀가 더러워졌다고 하여 영천潁川의 물에 귀를 씻고 기산箕山에 들어가 숨었다. 소를 끌고 온 소보는 허유가 귀를 씻고 있는 것을 보고서 그러한 더러운 물을 소에게 먹일 수 없다고 하여 되돌아갔다.

거처를 만드는 백성이 없다.

《위덕론魏德論》에서 조조를 칭송한 구절은 다음과 같다.

무황제가 흥성하여 도로써 잔악한 사람을 물리쳐 그 기세가 드높다. 창을 내려놓으니 혼란이 정돈되고, 영기를 높이 드니 아침 해가 멀리 비추네.

그리고 《무제뢰武帝誄》에서는 조조를 '아홉 가지의 덕을 가지고 있어 만국의 스승이 되리라', '노여움은 번개보다 더 무섭고 기쁨은 봄날보다 더하노라'라고 칭송했다. 또 '많은 영웅호걸들이 들고 일어나지만 우리 왕이 그들을 복종시켰다. 백성들이 열렬히 갈망하니 왕이 그들을 교육하네'와 조조가 죽은 후에 '저세상에서도 군주가 되어 혼령을 다스리네'라고 찬양했다.

공적과 은덕을 찬양하는 이런 글들은 조조를 세상에 둘도 없는 영웅으로 서술하였다. 특히 '천지를 품 안에 안고 일월처럼 밝도다', '백성들의 바람은 풀과 같고 나의 은혜는 봄과 같다' 등의 구절은 감상할 만한 가치가 있지만 지나치게 과장된 면이 없지는 않다. 그러나 우리는 이런 글에 근거하여 건안시대 조조에 대한 사람들의 평가를 알 수 있다. 조조의 아들인 조식이 글을 써 아비지를 칭송한 것은 당연하다. 하지만 농민기의군 지도자로 조조에게 패한 장로張魯조차도 "위나라의 노예가 될지언정 유비의 상객上客이 되지는 않겠다"라고 말했다. 이것이 바로 조조가 당시 백성들로부터 널리 인심을 얻었다는 증거가 아니고 무엇이겠는가?

채문희가 한나라로 돌아온 후 한 일에 대해서는 《후한서》 열전에 기재되어 있는, 기억에 의존해 아버지 채옹의 작품 400여 편을 기록했다는 것을 제외하고는 참고할 만한 자료가 없다. 또 그 400여 편 작품의 내용이 어떠한지에 대해서는 알려진 바가 없다. 이 희곡에서는 조조가 채문희에게 《속한서》 저술을 도우라고 했는데, 이것은 비록 허구이나 나름대로 근거를 가지고 쓴 것이다.

《후한서》는 현재까지 전해지는 범엽范曄의 저술 외에, 사승謝承과 설영薛瑩의 《후한서》가 모두 실전되었다. 사승과 설영은 모두 오吳나라 사람으로 채문희와는 아무런 관련이 없다. 진晉나라 사람인 사마표司馬彪의 《속한서》도 실전되었으나 고서의 기록에 의하면, 《예의지禮儀志》《천문지天文志》 등에 채옹의 저작이 실려 있다고 한다. 채옹이 일찍이 《전한서》 10지를 저술하였다는 것은 그의 문집 중 《상한서10지소》에 전해지고 있다. 이런 작품들은 유실된 후 채문희

가 기록한 400여 편의 유작 중 포함되었을 것이라 짐작된
다. 그래서 내가 이 희곡에서 말한 "채문희가 《속한서》에
귀중한 자료를 제공하였다"라는 말은 절대 근거 없는 허구
는 아니다.

희곡의 초고는 2월 초 광주廣州에서 썼다. 2월 3일에 처
음 쓰기 시작하여 일주일이 걸려 9일에 완성하였다. 하지
만 그 후 상해, 제남濟南, 북경 등지에서 여러 차례 수정 작
업을 했다. 특히 최근에는 연출 시 편리함을 고려해 상당부
분을 압축하였다. 북경인민예술극원의 동지들과 광주, 상
해, 제남의 동지들이 아낌없는 격려와 도움을 보내 주신 점
감사드린다. 또한 각지의 동지들이 보내주신 고견도 감사
드린다. 왕융생王戎笙 동지의 《〈채문희〉 중 조조 이미지의
사실성에 대해 논함》이라는 글에서 이 희곡에 대해 비교적
상세한 주석을 달았는데 그의 허락을 받아 그 내용을 여기
에 실을 수 있게 되었다. 독자들에게도 어느 정도 도움이
되리라 생각한다.

문물출판사 동지들께도 감사드린다. 출판사 측에서는 명
대 사람이 그린 《호가십팔박》 화보를 단독으로 출판할 생
각이었으나 내가 이 희곡을 쓴다는 것을 알고는 중도에 계
획을 바꿔 화보와 희곡을 함께 인쇄, 출판하기로 하였다.
또한 송나라 사람인 진거중陳居中의 《문희귀한도文姬歸漢圖》

를 표지로 하였다. 이로써 내 희곡이 더욱 빛을 발하게 되었다.

채문희에 관한 사료는 독자의 편의를 위해 가능한 한 많이 수집하여 부록에 신도록 하겠다. 소체騷體(고전 문학체제의 일종으로 굴원의 이소체 형식을 모방하여 이름 붙음)인 《비분시悲憤詩》는 다른 사람의 이름을 빌려 쓴 작품인 듯하다. 하지만 위진시대 문인의 이름을 빌려 쓴 작품으로 여전히 중요한 사료이다.

함께 수록된 《채문희의 〈호가십팔박〉을 논함》 혹은 《조조 명예 회복기》 등의 몇 편의 글은 신문, 잡지를 통해 발표된 것을 약간 수정하였다. 특히 《조조 명예 회복기》의 한 부분이 역사적 사실과 다르다는 것을 내가 혼동했다. 건안 18년(서기 213년), 여강廬江 일대에 농민들이 천도를 염려해 단체로 강을 건너 동쪽으로 도망간 사실과 《위지魏志·원환전袁渙傳》에 기록된 '둔전제를 실시하자 백성들이 힘들어 모두 도망갔다'를 동일사건으로 취급한 것은 잘못이다. 둔전제는 건안 초기에 실시된 것이므로 두 가지 사건을 함께 논할 수는 없다. 많은 분들이 토론 중 이 점을 지적해 주셨는데 그 분들에게 감사드린다. 이 잘못은 이미 수정하였으므로 여기서 이 점을 밝혀둔다.

그러므로 《채문희》는 공동창작 작품이라고 할 수 있다.

물론 타당성이 결여된 부분도 있지만 그런 것은 모두 나의
잘못이다. 동지들과 독자 여러분께서 신랄한 비판을 해주
시길 바란다.

1959년 5월 1일 곽말약

(1987년 인민문학출판사에서 출판한 《곽말약 전집》 〈문학편〉
제8권에서 옮김)
✿ 본서에서는 위에 언급된 〈채문희의 '호가십팔박'을 논함〉
〈조조 명예 회복기〉 등의 논문은 게재하지 않았음.

| 작가 연보

1892년 중국 청대淸代 가정嘉靖 연간에 사천성四川省 낙산현樂山縣
　　　　중류 지주의 3남으로 출생. 본명은 개정開貞. 말약은 호인
　　　　데, 그의 고향의 말수沫水, 약수若水라는 두 강의 이름을
　　　　따서 지음.

1914년 일본으로 건너가 제1고등학교 예과에서 일본어 배움.

1915년 오카야마岡山 제6고등학교 입학. 일본 여자와 결혼.

1918년 규슈九州 대학 의학부에 입학.

1919년 중국의 5·4운동의 자극과 타고르, 괴테 등의 영향을 받
　　　　아 시를 쓰기 시작함.

1921년 시집 《여신女神》 발표.
　　　　시집 《별하늘》 발표. 낭만주의 문학단체인 '창조사' 결성.

1923년 일본 제국대학 졸업.

1925년 중국의 5·4운동의 영향을 받아 좌경으로 완전히 기울면
　　　　서 프롤레타리아 문학의 중진이 됨. 중국 광주廣州로 가
　　　　서 국민혁명군의 북벌에 참가. 정치부 비서처장 역임. 역
　　　　사극 《세 반역의 여성》을 발표.

1927년 주덕朱德 등과 남창南昌 봉기에 참여.

1928년 일본에 망명. 지바千葉현에 살면서 갑골문과 금석문 연구. 《중국고대사회연구》 저술.

1929년 자기 형성 소설인 《나의 유년》과 《반정전후反政前後》를 발표.

1932년 자서전 《창조십년》 발표.

1937년 노구교盧溝橋 사건이 일어나자 일본을 탈출. 상해로 건너가 항일전의 선두에 섬. 지식인 동원과 대외선전을 담당. 그러나 국민당 정부로부터 용공분자로 몰려 정치활동에 약을 받자 사극과 《청동시대》《십비판서》 등의 고대사상 연구에 정열을 쏟음. 자서전 《북벌의 길》 발표.

1942년 《고점리高漸離》《굴원》《당체지화棠棣之花》《호부虎符》《공작담孔雀膽》 발표.

1943년 《남관초南冠草》 발표.

1946년 국공합작을 위한 정치협상회의에 무당파 지식인으로 단 혼자만 참가함. 결렬 후 내전반대 운동을 전개. 자서전 《귀거래》 발표.

1949년 중화인민공화국의 성립과 함께 과학원장, 인민대표대회 상무위원회 부위원장 등의 요직에 있으면서 대일관계 개선에 노력함.

1951년 스탈린 평화상을 받음.

1959년 중국공산당에 입당. 《채문희》, 자서전 《홍파곡洪波曲》 발표.

1960년 《측천무후》 등의 작품 발표.

1963년 중일우호협회 명예회장이 됨.

1978년 86세로 사망.

옮긴이 소개

강영매
이화여자대학교 중어중문학과 졸업.
대만 사범대 중문연구소 졸업(석사).
연세대학교 대학원 졸업(중문학 박사).
이화여자대학교 언어교육원 주임강사.
이화여대 통역번역대학원, 상명대 대학원 출강.

김산화
연변과학기술대학교 대외무역경제무역학과
이화여자대학교 통역번역대학원 재학 중.
경기도청 및 강남구청, 삼성전자, 온누리교회 통역 및 번역 활동.

한정선
건국대학교 항공우주공학과 졸업.
이화여자대학교 통역번역대학원 재학 중.

홍신옥
제주대학교 중어중문학과 졸업.
이화여자대학교 통역번역대학원 재학 중.

채문희

2005년 2월 25일 초판 1쇄 발행

지은이　곽　말　약
옮긴이　강　영　매 (외)
펴낸이　윤　형　두
펴낸데　범　우　사

등　록　1966. 8. 3　제 406-2003-048호
413-832　경기도 파주시 교하읍 문발리 525-2
대　표　(031)955-6900 / Fax (031)955-6905

＊ 책값은 뒤표지에 있습니다.　　　　교정 · 편집/류방승 · 왕지현

ISBN 89-08-08071-6 04820　(홈페이지)http://www.bumwoosa.co.kr
　　89-08-08050-3 (세트)　(E-mail)bumwoosa@chol.com

당신의 서가에 세계 고전문학을…

범우비평판 세계문학선

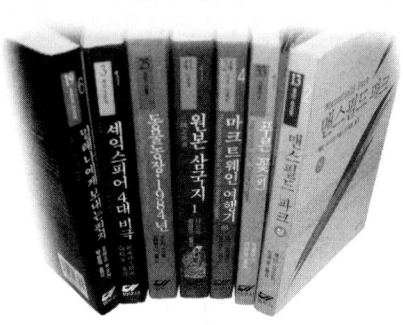

작품론을 함께 묶어 38년 동안 일궈낸 세계문학전집!

대학입시생에게 논리적 사고를 길러주고 대학생에게는 사회진출의 길을 열어주며,
일반 독자에게는 생활의 지혜를 듬뿍 심어주는 문학시리즈로서
범우비평판은 이제 독자여러분의 서가에서 오랜 친구로 늘 함께 할 것입니다.

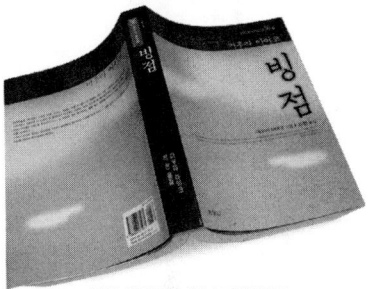

(全册 새로운 편집·장정 / 크라운변형판)

범우사   www.bumwoosa.co.kr TEL 02)717-2121

주머니 속에 책 한 권을!

범우문고

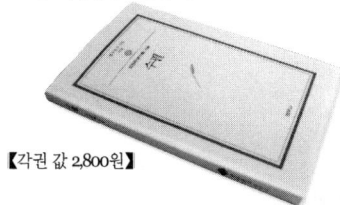

【각권 값 2,800원】

범우사 www.bumwoosa.co.kr TEL 02)717-2121

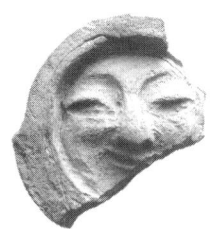

'정본'으로 집대성한 한국 대표 문학

불리는 민족사를 성찰할 전망대!

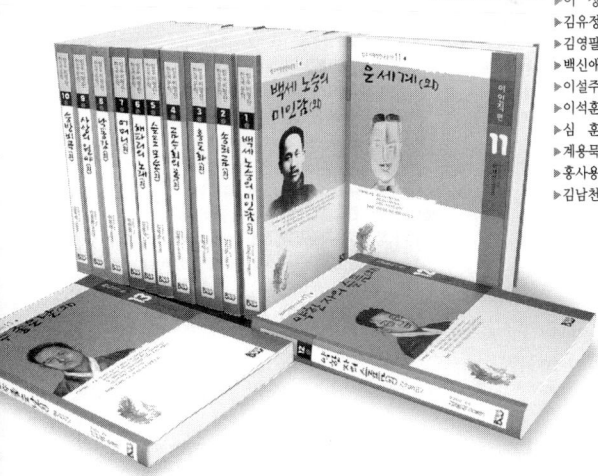

발행 예정도서

온고지신(溫故知新)으로 21세기를!

현대사회를 보다 새로운 시각으로 종합진단하여
그 처방을 제시해주는

범우사상신서

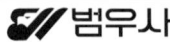 범우사 서울시 마포구 구수동 21-1호 전화 717-2121, FAX 717-0429
http://www.bumwoosa.co.kr (천리안·하이텔 ID) BUMWOOSA

범우고전선

시대를 초월해 인간성 구현의 모범으로 삼을 만한 책을 엄선

▶ 계속 펴냅니다

범우사 서울시 마포구 구수동 21-1호 TEL 717-2121, FAX 717-0429
http://www.bumwoosa.co.kr (E-mail) bumwoosa@chollian.net

범우학술·평론·예술

범우사   서울시 마포구 구수동 21-1
전화 717-2121 FAX 717-0429

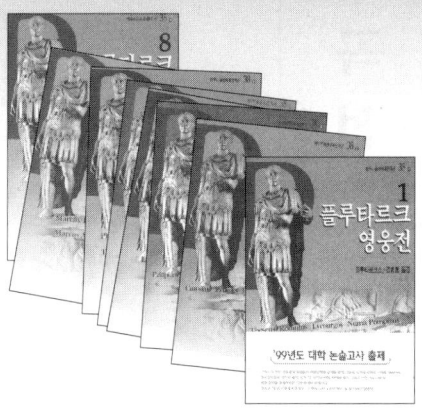
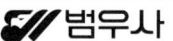

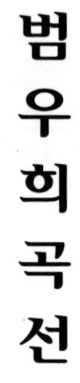

범
우
희
곡
선

연극으로 느낄 수 없는 시나리오의
진한 카타르시스, 오랜 감동…!

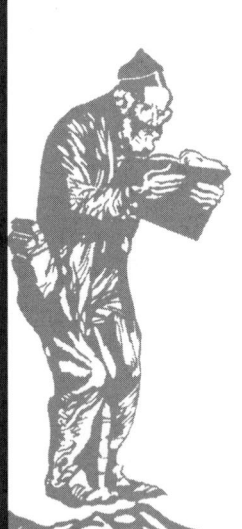

범우사

서울시 마포구 구수동 21-1호 TEL 717-2121, FAX 717-0429
http://www.bumwoosa.co.kr (천리안·하이텔 ID) BUMWOOSA